张简

九州出版社
JIUZHOUPRESS

图书在版编目（CIP）数据

纸上年华 / 张简著． -- 北京 ：九州出版社，2018．7（2023.7重印）

ISBN 978-7-5108-7212-9

Ⅰ．①纸… Ⅱ．①张… Ⅲ．①散文集－中国－当代 Ⅳ．① I267

中国版本图书馆 CIP 数据核字（2018）第 123513 号

纸上年华

作　　者	张简　著	
出版发行	九州出版社	
地　　址	北京市西城区阜外大街甲 35 号（100037）	
发行电话	（010）68992190/3/5/6	
网　　址	www.jiuzhoupress.com	
电子信箱	jiuzhou@jiuzhoupress.com	
印　　刷	成都市兴雅致印务有限责任公司	
开　　本	880 毫米 ×1230 毫米　32 开	
印　　张	8	
字　　数	183 千字	
版　　次	2018 年 7 月第 1 版	
印　　次	2023 年 7 月第 3 次印刷	
书　　号	ISBN 978-7-5108-7212-9	
定　　价	39.80 元	

自序

时光纷纭，四十岁以后的时间过得特别快，令人不由会生出恍惚一瞬的感叹。

一直以来的文学爱好，总使我驻足于文字之间。踏在平实的道路上，与凡俗的生活对视，工作之余，一篇篇短文写出心情，虽然算不上行走长河里的珍珠，也会让流逝的年华在纸上偶尔绽放，点缀原本平淡的历程。

本书共四个部分：第一辑：且行且记，记录生活所感。第二辑：警苑随笔，记录工作中所感。第三辑：停驻时光，多是对过去或童年的记忆。第四辑：书中有玉，从读书引发的感悟联想，个人见解。

青春飞逝，与文字结伴前行，直至再结集出版，聊做一次自己在文学道路上的前行动力。

第一辑　且行且记

第二辑 警苑随笔

第三辑　停驻时光

第四辑　书中有玉

第一辑

且行且记

方言是流动着的乡愁

一个家乡会生长出一种方言。方言是一个地方的土语，它生长在田间地头，村陌乡间，山野街衢。是一个鲜明的家乡标志。一方水土养一方人，也养育出一方的方言。执拗的方言一旦养成，就紧紧跟随一个人的一生。我在电视里看人发言讲话，只要不是播音员，那些方言的影子一不小心总会若隐若现。看！那些方言，它们不甘心躲在普通话的后边，总会不经意间调皮地蹦出。

家乡水土孕育出方言，家乡是被方言浸泡的地方，方言在故乡枝繁叶茂，长满各个角落，家乡无处不是方言。从泥土里长出的方言，语音里是方言，书信里是方言，唱歌里是方言，电话里是方言，就连骂人，也是方言来得更有杀伤力。使用别人的语言不能痛快地发泄愤怒或表达狂喜，只需用自己的方言吼上两句，就能平静下来。别处的语言，那是别人的乡愁和牵挂，与自己隔着一道方言的距离。走遍四面八方，哪里有自己的方言，同样说着自己方言的地方，才是自己的家，才算是自己的亲人。方言在陌生的地方，畏手畏脚，小心谨慎，别人不喜欢听，也听不懂。哪怕你自己乐得哈哈大笑，别人还是一头雾水；哪怕你愤怒万分，别人甚至还是莫名其妙。

在普通话的大庭院里，方言是各具情态的小居室，或客厅，或卧房，或书房，或茶室，或柴屋……各有不同的特色标志。想象一下吧，如果有一天方言消失了，我们都将像机器人一样说着标准的普通话，运用着播音腔。失去了各有特色的方言世界的语言将会格外无趣。没有方言的故乡会少了多少乐趣和回忆。

方言有时甚至是名片。遇到老乡，你不需介绍，只要开口，方言就报出了你的籍贯。四海为家，有方言的地方才是故乡。方言有温度，一句方言顷刻能温暖心窝，离家的人收藏起方言，运用不太熟练的普通话。那些在严格音调要求下的普通话会像舌尖上的夹生饭，总是不那么对味，说出口甚至自己还在回味，怀疑这怪异的腔调是否是从自己的舌尖吐出的。普通话面孔生疏，不像自己的天天看的孩子。

方言是生长在舌尖上的，方言是流动的想念，铭刻在心头。方言是黏合剂，融化在对故乡的思念里，浓浓淡淡，在月光下的夜晚愈益明显。家乡的月亮啊，就是格外圆！

年少时没去过远方，第一次出远门才感觉到方言的不便，那时曾经嫌弃过自己的方言，对流利的普通话心生羡慕。长大后明白了，说的和写的是不一样的，普通话也是一语言交流工具，只不过受众更广，运用的人更多而已。

方言是少数派，大多的时候不登大台面，你看，隆重的场合谁用方言？除非小品，那是专门逗乐的，才用了浓重的方言。普通话就像戏曲的京戏，大气，高品位的大家闺秀。方言是小剧种，有邻家女孩的亲近感，通俗易通，喜闻乐见，在一个个小范围内传唱。

有人的地方，必定有方言存在。人在奔走，方言也随着奔走流动。流动的方言携带着乡愁，家乡的记忆和牵挂融化在方言中。想家的时候，一张口，方言流出来，就像在故乡乳名被母亲呼唤。一句方言，泪流满面。

方言是流动着的乡愁，方言是潜伏在舌尖上的思念，一开口，故乡就从记忆里袅袅婷婷走来。

躲在文字后面的人

躲在文字后面的人，使我想起一个故事：香港著名演员梁朝伟有一个叙述，他说自己是一个躲在角色后边的人，活过许多人的人生，或潇洒，或深沉，或搞笑，或风流倜傥，只有在别人的故事里，他才能自如地面对众人，如果自己以本来的面目单独面对大众，会有莫名的紧张害怕。

演员是躲在角色后面的人，书写者是躲在文字后面的人。

一个躲在文字后边的人，把自己缩进方块字，一再放低自己，低到看不见的横平竖直的笔画间。文字开花，或，落满尘埃，躲在文字后面的人面目不清，这无关紧要，只需看清浮现出的文字就够了。

只有躲在文字后面，浮躁的心才能安静下来。用文字来观察世界，发现世界和自我，发现世界的伟大或卑微，崇高或渺小，凶险或善良，安静或动荡……文字在变异，是世界在变化，躲在文字后面的人，其实只是个记录者，叙述者，经历者。

书写者用文字对抗不可捉摸的风，正在流逝着的，或已经流逝了的，被风吹散的事物。

故乡在走失，我也在慢慢远离故乡。我曾经认识的，喜欢或讨厌的人，一些在风中四散的人，其实没有走远。我组合排列文字，让他们在我的文字中一一复活。在故乡村庄的泥路田间，他们印下深深浅浅的脚印，他们掉落的头发，他们身上弹落的灰尘，他们飘散在树梢的笑声，他们遗落在我一路仓皇的前行记忆中，被一场又一场的大风吹灭。我却执拗地想让他们在文字中一再复活。

记录当下，即是反抗。这是少年作家蒋方舟的语言。我的记录不是反抗，没有那么多需要反抗的事儿，我只能记录。我的记录是存在，是种植。在人潮中，在村野间，在街头巷尾，在蜗居里，记录下世态万象，记录下所观所感，只有种植下这些文字庄稼，看着它们成长、成熟，茂盛，我才能确切地感觉到自己的存在，我必须用它们来证实我曾经存在过。

我的那些文字，是茂密或疏朗的植物。我一旦种植了它们，就与它们交谈，与它们共呼吸。它们在风里摇摆、晃荡，有时是跳舞，我躲在后面窥视，窥视它们的内心世界。它们也在窥视我，但它们是我心怀敬意的朋友。

一个季节过去，我种植下的文字成熟，我看着它们一茬茬收获的喜悦。农人说：种瓜得瓜，种豆得豆。我种植下的是一排排文字，从生涩到成熟，它们也要走过漫长的季节，经受夏热冬冷。

躲在文字后面的人，受文字的驱遣，保持文字洁净健康，保持旺盛的生命力，保持文字葱郁。要收纳灯光，吸纳阳光，经历风吹霜打，付出汗水和努力。

不知你有没有感受过：在某个恍惚的瞬间，突然万念俱寂，怀疑自己是否身处过世间。这一生，所有人的一生就是这样渡过，无边的风不疾不徐刮过，最后会留下什么？

回忆是另一种形式的复活。一个人的少年影响一个人的一生，少年的梦可以延续一生，我愿意在自己的少年梦中沉睡不醒，我想把文字种植坚持到老，我愿意像老农一样，呵护侍弄我的这些庄稼到老，到死。

活在文字后面，享受这种寂寞又丰盛的生活方式，直到霜染时光，白发成雪。

让梦想照亮现实

一、梦想的光亮

那年我十四岁。

暑假，突然而至的远方表姐画儿，犹如打开一扇城市的彩虹门，在我眼前闪亮。表姐名字叫画儿，有着这样好听的名字，虽然她已经三十九岁，皮肤暗沉，但是那件白底蓝花的连衣裙穿在她苗条挺直的身上，微卷的短发，脚蹬时髦的皮凉鞋，就像电影里的主角。那时，她站在乡村的背景里，俨然就像一幅画儿。

画儿表姐的母亲是我母亲的表姐，患了老年痴呆症，趁着暑假，到农村的我家暂住，好让老姨休息放松，缓解病情。

表姐的到来，短暂地改变了我家的生活规律，首先是饭菜，每餐都要有几个小菜。其次是啤酒。表姐喜欢喝啤酒，每天只喝半瓶，而且是中午喝。喝时总让我尝一口，推却不过，只好喝一口：什么口感啊，不好喝！还不如当下乡间更受欢迎的葡萄酒，甜甜的。对于啤酒，在那时的农村尚是个新鲜物，味道怪异，喜欢喝黄酒的父亲曾经说过啤酒像马尿。画儿表姐却说啤酒香，在城里她和表姐夫每天分喝一瓶啤酒。直到二十年后的一天，又渴又饿又热的我喝了一口啤酒，那一瞬间终于尝到了啤酒的特殊香味。可见，我融入城市的速度多么缓慢！

画儿表姐的到来，使我知道了生活还有漂亮的衣服和啤酒。一个女人到了三十九岁，依然可以这么美！那件鲜亮飘逸的连衣裙，一直固执地嵌进了我的脑海。当然画儿表姐还有其他的换洗衣服，我却怎么也记不住了。

有着这样的光亮牵引，我的十四岁记忆熠熠闪光。

那时我身高已经有 1.65 米，出落成大人。画儿表姐看我的眼光，就像看女儿，因为她城市的女儿比我还大一岁。每天早晨，我轻快地走进画儿表姐的房间叫她起床，然后看她梳洗穿衣，打理卷发。这是一个女孩对一个女人的研究和膜拜。我对她携带的几个晶莹剔透的玻璃瓶子充满新奇，那里面盛放着美容美发洗衣的用品，从她头发和衣服上散发出的淡淡的清香也使我迷醉：城市是这样芬芳的一片地域！

城市的啤酒，原以为是饭食之外的点缀品，此后才知道是部分人的生活的一部分。啤酒那么难喝，有什么好？对此，我只能懵懂地把它看作城市生活的符号。

城市的距离那么远，虽然在实际上只是一天的车程。从农村到城市的奋斗持续了我的整个少年以致青春期。压抑的灰暗的青春理应有梦，有诗歌，可是要想迈进并融入城市，成为城市的一分子，要更好地生活，能在同样的三十九岁时拥有漂亮的裙子和可喝到的啤酒，无可避免地，必须把诗歌暂置一边。

城市梦的牵引，把每一个乡村学子逼进高考的现实，因为这是一个唯一的通道。想要自由，却只能在这个既定俗成的轨道上前行，并摁下诸多缤纷的不切实际的梦想，向着这唯一的光亮奔发。

二、被现实绊倒过的人

犹太人据称是世界上最聪明的民族，他们有一句俗语：人类一思考，上帝就发笑。我怎么也不理解，曾经发傻气问过几个人，都说不清楚。四十岁时，恍然了悟这句话的意思：是指命运的强大。或许是对现实的无力，使我感知了宿命。有一天我劝慰朋友说出"小事靠努力，大事靠命运"的人生感悟，她深有同感，一时间泪光盈盈，引我为知音。

我的两位同学被我称为被现实绊倒的人。一个名字忘了，警校刚毕业一年，因追捕嫌疑人，向前45°鸣枪示警，不幸的是，嫌疑人刚好居于前面的45°山坡上，一枪正中。结果这位同学进了监狱。现在估计他已经有了新的生活，只是那重重的一跤摔得好狠。

还有另外一位，因年轻气盛，得罪了不该得罪的人，被设计了，最终丢了工作，现在自谋出路。

命运为他们关闭了一扇门，必然会开启一扇窗。或许他们现在的生活比在职更好。他们在一段残酷的现实过后，依然会继续生活，泥泞不能阻断前行，也许转弯后风景更好。现实落地，梦想还会高高升起。只要想更好地生活，就有前进的动力。绊倒之后，掸掸身上灰土，揉揉膝盖，起身后还是一个自己。

还有一个高中同学，成绩特别优秀，却在高考中屡次失利。高考这个坎儿绊倒了她。她把这一切归于命运。后经商，略有积蓄。在几次的闲谈中，她把成功归结为有钱，并有意无意地强调学习的最终意义还在于挣钱。她说她的梦想基本实现了，她就是想过上好的物质生活。我不认为她的理念有什么错，每个人的梦想各不相同，才使世界有了各不相同的精彩，我们没有理由要求每个人的梦想必须"高大上"。

就像现在，我的同学她衣着光鲜，年轻漂亮，对现状极为满意。能从不甚满意的现实中突围而出，打开另一个敞亮的通道，直至抵达满意的现实。

我有幸不是被现实绊倒的人。我们几乎是被体制规划的一代，没有在生活中的左冲右突，就这样水波无澜地工作生活，没有大悲大喜，大起大伏。所以我现在脾气越来越好。没有了棱角，也就没有了个性。我正在变成一个面目不清、性格模糊的胖子，这也是所有中年人的宿命。

每一个曾经被现实绊倒的人，他们的故事足以书写，有跌宕起伏的心路历程和故事情节，只要他们还有梦想，就有站起来的勇气。

让梦想照进现实，光亮会牵引希望。

三、喧哗中的孤独

寒假和女儿闲聊，她说和一群高中同学在一起疯玩，突然间会感觉到无聊，不如独处，我似乎和你越来越像了。我随口就说出这是喧哗中的孤独。女儿说：你好文艺啊。

是啊，我算是个文艺中年。这是我的深切体会，在人声喧哗的群体中，突然会感到孤独。

这样傻瓜的文艺中年，表现就是不成熟。我的泪点很低，一句歌词或一篇文章能使我泪水盈眶、涌出。作为一个成年人，这样低的泪点总使我惭愧。人到中年，有什么好感动的呢？理应人人都被现实磨砺得事不关己、冷面铁心才对。可是，总有一些人或事能让我感动和感慨。

喜欢读书，喜欢写作，几乎是这个物质社会的异数。休闲的时候，最喜欢和文友喝茶聊文学，畅所欲言。偶尔小聚，在邻桌嚣张的谈笑声里，坐在茶座里低声交谈。自己也感叹：什么时代了，文学能当饭吃吗？我们的低声，不愿让别人听见，担心这不切实际的话题，被人看作傻瓜一样。

多元化的时代，你推崇的生活方式，可能别人不喜欢；你厌恶的，或许别人乐意。

没有什么故作姿态的高冷，只是喜欢文字而已。一个运用高妙的词语让我赞叹，一篇好的文章使我反复诵读，一首好诗可让我心潮激荡。文学是梦想之光，是物质现实之外的精神食粮。

三十九岁的连衣裙和啤酒业已实现，半生的光阴却倏忽而过。那时候尚且年轻的画儿表姐，如今还生活在她的城市里，虽然老态初现，依然整齐优雅。她可能想不到自己一趟随意的乡村之旅，无意间为一个为女孩带来了美的启蒙，并点亮了具体真切的城市向往。被这样美好的梦想牵引相伴前行，总是有一丝温暖。

有了啤酒和连衣裙，无须为温饱奔波的日子，才能更平静地阅读文字。

文学低迷，但不低下，相信它仍是一个高雅的存在。

我们的命与运

妈已经很老了，由于担心她的独立生活能力，在她执意回老家村庄独自生活的日子，我们不时回家轮流探视。每次回到老家，有一个人我必会见到，有时她看到我回来，自己到我家院子里，有时我到她家去请她过来。她就是我称呼为大婶的，一个七十二岁的邻居。

大婶姓啥不知道，只知她名字叫慧珍，是她那个年代明显的特征的名字，贤淑勤快漂亮还具有民间智慧。她确实就是这样一个乡间女人。但是命运曲折，并不因为她勤快聪明漂亮而厚待她，她甚至比一般的农村的同龄人吃了更多的苦，受了更多的罪。大儿子七岁时，她丈夫因病去世，小儿子刚三岁，她咬牙守寡，熬过种种苦难之后，老境不错，也算是苦尽甘来。如今的慧珍大婶两个儿子各自盖起了楼房居住，各自有了外地的生意门户，日子早奔了小康。

和她更亲近，不只是因为邻居的关系，还有一个原因：我和他儿子是同一天出生的，即阴历的二月二十七，春阳正暖。我和她儿子敏娃都出生在早晨，时间相差两个小时。同一天出生两个小孩，两家都把生日记得特别牢。

从小到大，只要大婶看见我，她总会说：命都是假的。你和敏娃一天出生的，应该是一样的命，咋我娃恁受苦哩？看来命是假的。对于这样的推理，我自然无从搭话。

　　大婶家的苦，都看得清清楚楚。因为贫困，两个孩子初中没毕业就辍了学，小小年纪跟着邻居学手艺，那时我老家流行手工做沙发。尚未成年的敏娃就跟着大人一起到陕甘宁、川贵等山区做沙发挣钱。后来，敏娃长成了大人，继承了母亲的好长相，十八岁时被陕西的一个城郊漂亮姑娘相中，也是十八岁，竟偷偷跟着他私奔到了我村。正应了那句老话：贫贱夫妻百事哀！大婶的日子捉襟见肘，住房只有两间低矮的旧瓦房，如果敏娃守着老婆在家，一家人就没有进钱的门路，只好借钱。敏娃只好大部分时间出门在外挣钱。为了不亏待儿媳，大婶起早贪黑干活，给别人做红白喜事的厨子帮工，勉强维持一家人的生活。一年后，十九岁的媳妇生下了一个大胖孙子，孙子不到一岁，媳妇实在忍受不了这样的生活，抛下儿子，悄悄走了。

　　大婶就把孙子一手拖大。

　　还记得是一个星期天，早饭后从她家屋子前走过，听见从透风的灶屋里传出哭泣声。我赶紧停住进屋，一问，才知原来不知谁家的羊顶开门进了灶屋，打翻灶台上的盐罐，盐被撒进了水缸。大婶因为心疼生气才哭泣。我听了赶紧安慰大婶，快速回家拿了半碗自家的盐送来。谁知惹得大婶哭得更厉害了：一定是上天不公平啊，我不偷不抢不奸不毒，拼死拼活地干活，为啥还是这样啊！大婶伤心地哭着，我也忍不住流了泪。

　　哭过之后的大婶洗过脸，就恢复了爱笑爱说的常态。而我眼里的泪还未干，那时候我以为她没心没肺，现在才理解了那个准确的词汇：坚韧。她是家庭的大树，儿子孙子的依靠，再痛苦的生活，需要她一个个面对，一天天去熬。哭着要过去一天，笑着还是过去一天。更多的时候别人看见的是她的笑脸，而非眼泪。

眼泪留给自己的人，内心必然有一团火，由内而外燃烧，蒸发掉眼泪中的水汽，却把咸味和苦涩留给了自己。

敏娃的媳妇走掉之后，二十年无音讯。内向的敏娃更加沉默了。日子在一天天变好，敏娃跟着别人学会了"校油泵"，一种相当挣钱的技术，在外地开了自己的店，也算是做了老板。但他一年中的大半时间留在外地，不愿回家面对。这个内向的男子被情所伤，一口回绝了上门不断的媒人。二十年，最好的青春在孤独中度过。没有人敢去问他的心事，只是揣测到他的伤害之大。

大婶也为自己的大儿子伤透脑筋。

前年，在家的大婶收到从上海辗转发来的一封信，原来就是那个走掉的大媳妇，让儿子郁闷纠结了二十年的漂亮媳妇。那是个夏天，大婶坐在我家堂屋里，拿出那封信让我仔细看。正是盛夏，头顶的电扇不停地呼呼转，大婶是识字的，因为怕看不清，专门请我读给她。信中，媳妇对二十年前的不辞而别道了歉。又简单告知了自己现在的生活状态，这个媳妇不简单，回家后因为家庭条件特别好，现在竟然是一家公司的老板，特有实力。只是年龄渐大，回想起年轻时抛弃的儿子，愧疚和思念与日俱增。最后写道：求求你，让我见见儿子行不行？大婶听到最后，果断地决定：儿子凭啥不让妈见！世界上就没有这个理儿。你帮我写回信：你啥时候想见，啥时候来，我保证！

成人之美是我的专长。我当然遵从大婶的吩咐快速地回信并邮寄出去，直截了当表达了欢迎之意，不过全部是以大婶的口气。

传奇！堪称新农村的传奇。故事的情节居然可以这么曲折。村里人都纷纷议论。大婶只是笑着对我说：媳妇有信儿了，我家老大的事儿也该有个说法了。只有见面把话说清了，我儿才能放得下，该成家就成家。

得到消息的敏娃从外地赶回。媳妇也从上海赶来了。见面并不愉快，倔强的敏娃冷漠异常，媳妇当着一屋子的乡邻郑重道了歉，最后，还是大婶劝说了自己的儿子后，态度有所缓和。

媳妇第二天就走了，从开着的车里拿出二十万现金送给了儿子。

此后，大家才又看到敏娃的笑脸。半年后，敏娃接受了媒人安排的相亲，又成眷属。在家里盖了一座小楼后，又在昆明市买了房。

大婶心态很好：我儿的心病去了，他也该到转命的时候了。在大婶看来，人的命是能转的，有时向好转，有时向坏转，至于啥时候转，她说那得看天！

大婶现在衣食无忧，两个儿子的两座小楼闲置在老家，由她一个人留守，和衰老而孤独的我妈密切往来，见面时相互陪伴，离开后相互想念。

按照大婶的说法，认为我的命挺好的。其实自己感觉只是平平常常的一介平民，没什么大富大贵。从农村进入城市，源于考学的契机，从此能留在城市生存生活。如果说命运的厚待，也只能想到的是：社会的快速发展，我们都是搭乘在这个高速的列车的乘客，从懵懂无知的孩子到独立思考的青年，一路成长中，有幸参与了解关于国家发展的接连到来的宏大主题。从最初的改革开放，到"一带一路"的经济飞跃；从泥泞小路到村村相通的平直水泥路；从缺衣少食的乡村到衣食无忧的新农村；从稀少珍贵的自行车到造成拥堵的小轿车……

我们都是这国家快速发展的受益者。我们的命运与国家的命运紧紧相连。

临近春节，一年的时间飞速而过，甚至来不及感慨。特殊的工作职责使我有幸参加了宏大的国家主题活动：比如"9·3"安保，上合安保，十九大安保、两会安保等，虽然在人群中，个人如蚁如尘般渺小，但套用一句诗："我活过，我来过。"足矣！

女容当为己悦

三八妇女节将至，各种的美容产品，各种美丽衣服通过各种平台，向女人们发起了推销攻势。爱美的女人们也禁不住眼花缭乱的优惠，纷纷掏出了腰包。

做了"剁手族"买买买之后，在家里，简单涂个粉底，化个淡妆，穿上时尚的衣服，精心搭配一番，在镜子前瞻前顾后、左顾右盼，一个人自我陶醉，自我欣赏。然后晒出自己的美照。潮流催生出的自拍神器，大大发挥了作用。经过美白修饰后的美照，既悦己也悦友。君不见朋友圈里美照连连，相互点赞不厌其烦。而且经统计，点赞的好友七成是女同胞自己之间。

曾经，"女为悦己者容"，是俗语，更是传统的女性审美心理的依据。多少年以来，左右着广大女同胞的穿着打扮走向，引领着古代中国的潮流时尚。

在古代，男人以为肤白就是美，女人就用各种粉装悦人；男人以为小脚好看，女人就不得不忍受断骨之痛，将天足缠裹成尖尖的样子。旧诗词里就不乏男人喝着雅酒，品评把玩女人的白嫩小脚，然后写出一二所谓的诗句，得意扬扬自称风流不羁的样子，其实是十足的变态审美，却牢牢占据了社会的话语权。"女为悦自者容"，成了共同认可的主流意识。所谓步态摇曳的三寸金莲成了畸形的艺术品，专供取悦男人，男权统治下的女人痛苦被漠视、无视。

在《聊斋志异》中有"肌红如晚霞，洁白细腻；金莲如竹笋尖细"的描写。这是叙述皮肤与小脚之美，充分表现缠足和白肤是美女不可或缺的条件。

但是，也有一个特立独行的女人，一个任性的古代美女，是个王妃。"徐娘半老，风韵犹存"，说的就是她。她本是南朝将军徐绲的女儿，大名徐朝佩，生得貌美如花，孤傲冷漠。父亲把她送给梁元帝萧绎做了王妃，她却厌恶一只眼睛残疾的皇上，不讨好皇上。偏偏皇帝喜欢她，召她侍寝。于是，一场任性的妆容埋下了她终生的悲剧。她化了个半面妆即半边脸化妆，半边脸素颜去见皇上，皇上一见，惊问其故，该女淡定地说：你只有一只眼睛啊，我只画半边脸就可。皇上暴怒。结果她很"杯具"啊！可能她那漂亮的妆容只为自己的好心情而为。

那时候是皇权和父权的天下，女的不能任性，不敢任性。偶尔有一个任性的，结果就那样了。审美当然以男子的喜好为准则。于是有了"女为悦己者容"的信条。

现在，这句话已经成为过去式。如今的女人，眼界开了，身心自由了，审美不再被男人左右，想怎么穿就怎么穿，不怕寒冷天气，一样是短裙单衣；想怎么化妆就怎么化妆，无惧路人侧目，率性坦白。"爱自己"！成了共同的宣言。干吗不爱自己？我们用自己的平等劳动换来的薪酬，太应该适当地犒劳一下自己！

曾经看到过一个图片，其对比的效果让人惊心。一边是衣服妆容精致的白发老太太，捧着一本书阅读，七十多岁，但优雅美丽。另一半是个五十多岁的肥胖邋遢随意歪坐在椅子上的女人，但看背影，已不忍直视。

年龄不可以作为放弃自己的借口。

女人，不管走到什么年龄，都应为自己而活。适当的妆容也是社交的要求，更是对自己的尊重。现在有一个超流行的词叫：任性。女人，一定要任性地爱自己。

　　好心情只为自己，女容当为己悦。

桃花漫天

一、浪漫桃花

——不见桃花，怎知春色如许。

还记得《牡丹亭》中的游园惊梦，杜丽娘被无边春色生生撩拨出了深闺春恨，由此而坠入无法排解的相思愁绪。那花，那色，桃花也开得放纵，成全了人与春天一场盛大的相约，每一种姿态都是一个暗喻。花开到荼蘼，灿烂到极致，配合这一场惊天动地的青春爱情。正所谓：情不知所起，一往而深；浮生若梦，为欢几何！

唐代崔护的桃花却纯情了许多。那是个人尽皆知的故事。在春天，一个正当年华的书生，信步走到幽静偏僻的庄户人家，这家的院子里桃花开得惊艳，最重要的是，这家的女儿生得好看。讨水递茶间，二人眉目生情，却羞于表白。别后一年再到此地，却错失姻缘。故留一首诗传唱至今：

去年今日此门中，
人面桃花相映红。
人面不知何处去，
桃花依旧笑春风。

故事里的女子，不知流落到了何处，却没有等来这个男子的表白，空留无尽悔恨。未得到的也许是最好的，她的好都在那一句"人面桃花"里了。有些人，错过了，就是一生。如果说千古，这一句也算是对美人最高的褒奖了。

春风里摇曳的桃花，年年依旧，错过的美人却不再能见到了。"花开堪折直须折，莫待花落空折枝"。南宋的另一个言情高手词家贺铸，据说可以比肩柳永，他对此有："隔年情事此门中，粉面不知何处在，无奈。"

晚开的桃花诱惑依然。且看刘长卿的诗句："四月深涧底，桃花方欲燃。过时君未赏，空媚幽林前"。

诗歌里的桃花道尽了春色美，人面桃花道尽了女子的美。后人穿凿附会，不知从何时起桃花与暧昧的桃花运连在了一起。"南陌青楼十二重，春风桃李为谁容"。如果被别人说成"命犯桃花"，则大家会不言而喻。

但历史上真正的桃花夫人却与暧昧无关。她是春秋时期陈国的公主，陈庄公之女，长得太美了，据说她目如秋水，面若桃花。故赢得桃花夫人美称。她的美，倾国倾城，有史为证。

美貌的公主长大后嫁给息国国君，故名息妫。因为美貌，衍生了男人间的争斗。先被无良姐夫蔡国蔡侯调戏，丈夫生气而联合楚国灭了蔡国，不幸的是，息侯引狼入室，应邀而来的楚文王也看上了息妫，就强行娶走她，最后成了国家之间的战争，不仅倾城，也倾了国。面对楚王的宠爱，息妫虽与楚文王生了两个儿子，却从不与楚王说话，以此抗争。楚文王死后，她辅佐儿子登上王位。历史上委屈无奈的桃花夫人，竟无辜背上了红颜祸水的骂名。

唐代的杜牧就曾经作诗讽刺过桃花夫人：

细腰宫里露桃新，

脉脉无言几度春。

毕竟息亡缘底事，

可怜金谷坠楼人。

杜牧以历史上另一个美女绿珠的殉情来讽刺息夫人，实在有失厚道。

依据历史记载，息夫人拒绝以色侍人，鲜明的个性示人，她出身贵为公主，做过两个国君夫人，也算是锦衣玉食。却能在宫中重视教化、严治后宫。文王死后，倾力辅佐太子，除逆安邦，选贤才、劝农桑，最后还政于君，为楚成王以及后世奠定了雄霸中原的基础。如今的信阳市息县还建有桃花夫人庙，纪念她。

桃花夫人并不浪漫，反而经历面对了铁血现实。

二、逍遥桃花

春到浓时，和朋友们专程去赏桃花。

千亩桃花，绯红沃野，灿若云霞，我被这壮观的场景深深震撼了。春天的美，有桃红柳绿，桃红的美颜与柳枝柳叶绿色的清秀和生机，迥然不同。人在花间，亿万朵桃花笑脸盈盈，亿万朵桃花开启红唇，那天、那地、那空气，似乎都被染成了红色。似有若无的花香引得蜂蝶流连其间，嘤嘤咛咛。这样的美，是热闹的。不是有"红杏枝头春意闹"的诗句吗？杏花比桃花早开放，杏花开时，春寒尚且料峭。当年的诗人一定没有见到过绵延数十里的千亩桃花，否则诗句一定是"桃花枝头春意闹"了。

诗经里的桃花一定开得鲜艳热烈：桃之夭夭，灼灼其华。之子于归，宜其室家；桃之夭夭，有蕡其实。之子于归，宜其家室。但它的咏颂并非只是贪恋女人的美色，它讲得很实际，开得好的桃花，容易结出好果实。美丽健康的女人，很适合娶回家里。

也有在村头林间的，一树娇艳的桃花惹得人停住脚步观赏。就像一个落寞孤高的美人，与人群隔着一段距离，兀自开放，兀自凋谢。也有晚开的桃花，白居易有："人间四月芳菲尽，山寺桃花始盛开"；欧阳修也有："绯桃一树独后发，意若待我留芳菲"这些大概可理解为逍遥桃花。

三国里的桃园三结义，理应是在春天。那时诸葛亮尚未出山，暂时蜗居在南阳的卧龙岗。刘关张豪情壮志，义薄云天。净手焚香，歃血为盟。桃园里的桃花都开得恣肆奔放，映红染紫这一干人的脸庞。花瓣飘舞，酒香四溢，豪情与勇武并行，理想与野心难分彼此。这个春天是如此难忘，桃花树下，没有轻歌曼舞。向前去，无数颗头颅如桃花凋零落地，以家国的名义。

此时的桃花绝无逍遥之意，它猜透了男人们的心事。

那时陶渊明尚未出世，东晋的田园风不可能吹入三国前期。陶渊明的田园诗受到后世文人骚客的追捧。他的《桃花源记》也萌动过无数人的心。没有纷争烦恼，没有朝代更迭，日出日落，无欲无求，任年年桃花开了又落。

射雕英雄里的桃花岛主，坐拥孤岛一枚，桃花万棵，想必也会寂寞。花开时一切皆好，花期短暂，花落时怎么面对满地落红？英雄的寂寞也是非同凡人，高古、冷傲。

明代的不得志文人、号称江南第一才子的唐伯虎《桃花庵歌》，把桃花吟咏得洒脱不羁。第一次听到居然是在周星驰电影《唐伯虎点秋香》里，由巩俐饰演的秋香念出的，才留意起来，果然是才子品味，不同凡俗！

桃花坞里桃花庵，桃花庵下桃花仙；

桃花仙人种桃树，又摘桃花卖酒钱。

酒醒只在花前坐，酒醉还来花下眠；

半醒半醉日复日，花落花开年复年。

但愿老死花酒间，不愿鞠躬车马前；

车尘马足富者趣，酒盏花枝贫者缘。

若将富贵比贫者，一在平地一在天；

若将贫贱比车马，他得驱驰我得闲。

别人笑我忒疯癫，我笑别人看不穿；

不见五陵豪杰墓，无花无酒锄作田。

　　此时的唐伯虎已经彻底放弃仕途，只在书画上精进，酒钱是不会缺的。无欲则刚。一切桃花的故事戛然而止，唯有酒肉穿肠过，泼墨书画间。这应该是真正的逍遥。

微信红包年味儿新

　　春节未至，各路红包就蠢蠢欲动。单是央视春晚预告，就吊足了亿万观众的胃口。及至除夕之夜开播，屏上节目歌舞升平，屏下手机呼啦啦摇响。家家看春晚，人人抢红包，大有盖过节目本身的风头。其他的节目，也纷纷推出抢红包环节，抢红包一时风生水起，全民狂欢。

　　新年之时，红包更是满天飞。朋友间的问候，打招呼之后，随之可能就有一个飞到，带给你一个小小的惊喜。同事的群里，你一个我一个，发得不亦乐乎，仿佛是你一言我一语地聊天。其实仔细一想，这红包还真有聊天功能。红包一发，一切尽在不言中，红包的诚意胜过语言。不信，你在群里说几句甜言蜜语，看看有谁会回应你？你再发个红包看看，那潜水的，都以迅雷不及掩耳盗铃之势出手，抢得一个，就快速给你一个满意友好或崇拜的表情。

　　如今的微信群，动不动就会有一个红包冒出来，发红包的只要心情好，支付便捷快速，随时可以发出，数量多少不限，钱数多少不限。多的有几百元，那是特意有目的的发放；少的可以是一分钱，同样被抢得狼烟四起。

　　我参加的一个微信群，那叫一个热闹。每晚九点，发红包开始，手气最好者接力发红包，往往能持续两个小时，其中最突出的是一个"抢"字。开始时，我低估了大家的速度，错以为自己看到红包的时间晚，才没能抢到。有一次，我发放每个 5 分钱的红包共 20 个，结果，7 秒钟之内，被疯狂抢光。这是怎样的速度！简直让人瞠目结舌。原来确实有人拿着手机，不停戳屏，刷屏的一刹那，即可抢得。

发红包看心情，不看气质。发放者看到被疯抢瓜分完毕，心情大好，咧嘴大笑，同时，也虎视眈眈地盯着群里动态，时刻准备出击开抢。有时，抢到 1 分钱，同样兴高采烈。据说曾有人做过精确统计：抢一个 1 分钱的红包，在没有 wifi 的状态下，花费的流量折合银子 3 毛钱。乐趣是最好的，重在参与，不在乎钱的多少，图个乐趣而已。

比红包更好玩的，是各种各样的表情包，那真叫一个逗啊！夸张、幽默的动态图片，与文字配合，逗得人忍俊不禁。且看那些刚刚抢得红包的，对发放者称呼升级为老板，各种姿势感谢感恩，简直就是感谢了八辈祖宗啊！若没抢到，各种失落可怜，各种白眼红眼，都纷纷飞出来兴妖作怪。

仔细观察，每一个群里，都会有一两个资深的"抢手"，经常潜水，偶有冒泡之时，必是红包降临，出手之迅速，反应之敏捷，令人惊叹。也有那么一两个大手笔的，只发不抢，群风稳健，广受群友巴结追捧马屁好评。

这年头，不抢红包，你就大大地 OUT 了。或许以后过年见面打招呼，不再是：新年好啊！而变成：抢红包啊！平时打招呼或许也会变成：今天你抢红包没有？

唯光阴成全艺术

每一件精致的工艺品，是工匠一刀一挫融入了智慧和心血的创造，现代化时代，手工制造尤其可贵。时间就是金钱的观念已是主流价值观，机器制造简单直接，却少了个性化的表达。纯手工打造带着一个人的温度，融入一个人的情感或寄托，用时间换得特征表述，唯光阴成全艺术。

曾经迷恋过木刻工艺品，喜欢原木色泛着的淡淡光泽，喜欢它散发出来的淡淡木香。于是，找到一个木雕师傅，拿出事先丈量好的尺寸，为我的橱窗空间设计雕刻一个木制工艺品。师傅看了提供的尺寸，把我领到院子的角落，从凌乱的木堆里扒出一块灰扑扑的三角形木头：就这个吧，樟木的。师傅自信地说：花型设计我来做，你等着吧，一个月时间。

等待的时间总觉得漫长。空闲的时间那块不成形的灰扑扑的木头不断在眼前萦绕，无法想象它原始丑陋的样子在工匠的巧手里能有一番怎样的颠覆。半月过去了，我忍不住跑去看进程，看了一下就心生喜悦，花型基本雕刻完毕，造型被师傅命名为：凤戏牡丹。中间是两个美丽的凤凰，一个回首站立在荷叶旁的石头上，另一个向下飞翔其上，却似在和前者亲昵对视，周围环绕大朵的牡丹花。长长的凤尾羽毛和牡丹花叶雕刻精细如发。只是色彩原始暗淡一些。

师傅说必须半月后再交货，后期的打磨更重要。

　　终于等到了它！那时它泛着光泽的造型美丽极了，我用了"惊艳"两个字。一个月的时间，雕刻师的光阴成全了这个美丽的尤物。想象中的雕刻师投入的心血和热情，他一定在木头前反复地注视、构图、思量，动刀前的功课绝非少了。一刀一挫之间，将手指的温度传递，将目光的暖意传递，碎屑飘落，花影鸟羽渐渐浮现，生命的灵动在手指翻飞间复活。一块原始的几乎无用的劈柴还嫌麻烦的木头，在巧工手里精心侍弄下，一朝化腐朽为神奇，光彩夺目。令我的橱窗熠熠生辉。

　　我想起那些沉睡在时间里的古董旧物。它们也许就是简朴的日常用品，却因了时间的沉淀，变成了艺术品。遍布的尘埃是沧桑的见证，光阴的故事一层层叠加，艺术品的本身因创造者的故事而更加神秘引人。

　　行走在手工艺品的步行街，橱窗里的精细器物，令人屡屡生发出今时彼时的恍惚，仿佛时光停驻，光阴沉淀，过往的故事皆如梦幻。

　　一个慢字轻易就延展了时空。

　　艺术对美进行审味、挽留和升华，艺术是时间行走在路上的留步停顿，是光阴沉淀的一刹那开花，一如心花，时间的沉静中惊鸿一开。

　　看手工老店，那些精美的工艺品安静地陈列。橱窗内一个艺人正手握锐器，一点点细心雕琢，一块笨拙的木头渐渐有了影像，有了生机，打磨、抛光之后，光彩出现。而这是需要时间的。艺术的品质来自于时间的打磨，是光阴沉淀的痕迹，成全了艺术。

点赞之交

如今的人们，平时躲在各自的世界里，需要联系对方时，只是通过手机电话。大部分时间，都是微信时代的点赞之友。大量地翻阅微信，批量地给微友点赞，手指只需一点，省掉了礼貌问好寒暄，一切尽在点赞中。

由手机号码衍生来的微信号或QQ号码，几乎绑架了人们的朋友圈。自动出现，自动关联，使得朋友身不由己成为新的微友和QQ好友。朋友若有动态变化，信息自动传送，你无法忽略，被动阅读后，不得不点赞。你能悄无声息地飘过吗？那都是有阅读痕迹的！于是，你只好伸出手指，按上点赞。来而不往非礼也，对方见此，也只好礼貌点赞。于是乎，点赞之交成形，来来往往，好不热闹。

点赞是微信时代的一种好习惯。心怀善意的微友总让人情绪愉快。即使对你的东东不发言，只用手指一点，就相当于肯定的态度，好比送给朋友一朵小红花。俗语云：高帽子是假的，却人人爱戴。受到鼓励赞同比无事找事、无故挑刺的损友好多了。

点赞之交大都是友善的，赞后大多会送上一个笑脸表情，当然也有说两句奉承马屁话的。总之，一团和气。很少有那种脾气怪，凶巴巴、戾气十足的。

不幸，这样的微友让我遇到了一个。那是在新浪微博上，看到他发了一篇观点偏激的文章，扭曲抹黑现政权，旁敲侧击辱骂领导人，弄得好像他不是中国人，汉奸似的。出于内心的反感，也出于好心，我没有点赞，却提醒他要正确看待社会矛盾，别被人利用了。谁知这人大发雷霆，骂我是某某党的走狗，并让我滚！

我真的生气了。直接把他举报到新浪总部，他被彻底删掉。这样反动偏激，还是及早清除为好，也算是治病救人，强似他有一天被送进监狱。这样的只听得进起哄点赞的，听不得不同意见的，可真应了名字：点赞之交。

点赞也不能乱点。有人亲人去世了，也出来晒悲伤，却被微友不分青红皂白地点赞。看来，点赞的部分人连内容都不看，只管点赞敷衍，对朋友的态度真叫人无语。我也曾犯过这样的错误，我的一个QQ好友，在空间发了一篇悼念去世同学的文章，我进入浏览，不假思索地点了赞。回头又看到了，感觉很不恰当，赶紧撤销了赞。

同一个微信群里的朋友可以七嘴八舌地对话，免了点赞。若你不想发言，你就潜水，也可以点击想对话的人，相当于面对面谈话，省了敷衍了事的点赞。

以前有人之间的关系叫：点头之交。微信时代有了点赞之交。从前还见面，现在可能是相见不相识，只在QQ上热乎捧场，在微信群里你好我好大家好。

自从有了点赞之交，我们的觉睡得少了，床起得早了，眼睛也不花了，知识面拓宽了，语言越来越机智了，再也不用担心朋友少了。

半　夏

半夏之时，花已开全，暑气正盛，热风里张扬着浓烈的艳。

休假，在北京停留，一天晚上到西单商场闲逛。在平价化妆品专柜试用口红，忍不住挑拣醒目的正红，对着镜子涂上，这样带着强烈性别符号的颜色，便是夏日的颜色。看海报或宣传画页中，烈焰红唇是女性的符号。窃以为正红只适合两个季节：夏和冬。而这个颜色在两个季节里又是截然相反。夏日里的正红，是蔓延、生长、热烈，带着扩张信号的。而冬日里的正红则是，清冷、孤离，冷艳不可方物的。它是独立的色彩。

又是晚饭后，和女儿到后海听歌。那里游人穿梭、灯火璀璨，随着人流转了一圈，就选定一个临水的小酒吧坐下听歌。稍高于市场的饮料或啤酒明码标价，一个普通的游客可以接受，关键是你要受得了音乐的喧闹。乐队的演出持续，几个驻唱歌手一律的黑白衣服，点缀着明晃晃的金属饰品，轮番卖力表演，重金属的乐声撞击着听众的耳膜。在这里，舒缓的情歌只是小插曲，更多是的摇滚。也许在夜晚，宣泄的歌声才是情绪的出口，酒吧里忽明忽暗的灯影里，大多是结伴而来的，偶有孤单的人，一个人慢慢品酒，一个人久久沉默，也许是孤身在外的旅居者，看上去总有一点郁郁的落寞。

将近 11 点，酒吧里的氛围趋向热烈，座下的客人开始应和随唱，间或有人要求上台唱歌，静夜里的酒吧更加喧闹。

我们乘坐最后一班地铁赶回住处。地铁上大都是疲惫的青年男女，这难道就是传说中的"北漂"一族？在外生存的不易，却很难反映在脸上，因为他们都低着头，玩着自己的手机。故乡渺渺千里，抵不过眼前方寸之屏的世界华丽。快捷便利的地铁，将他们风驰电掣地来来去去搬运，故乡越来越疏离，梦想可能会越来越现实。很难说是现实选择了他们，还是他们选择了现实。

拜访一位在京的朋友，是一名高级知识分子，在欧洲留学八年回国，从事专业研究，手下带十个博士，拥有独立的十六个研究室，项目课题若干。这样的精英人才，生活非常简单，甚至是单调，没什么娱乐，也不看电视。一个人生活，每天晚上 8 点准时休息，早上 4 点起床，锻炼健身三个小时，然后到单位开始一天的工作。每天的工作时间十个小时，研究成果丰硕，英语论文不断在国际杂志发表。

这真是一株不同寻常的大树，为科学而生，为梦想而活。餐桌上，他用高脚杯喝白酒，小口慢饮。微醺之下，这个内向的才子向我们介绍他的一个具有前瞻性的研究项目，脸上散发出异样的光彩。

俗世的才子，以特立独行的方式生长着。他独立于万丈红尘之外，孤高平静。在庸庸众生里，选择做一个安静的美男子。无法想象能这样的生活一辈子的人，须付出多少努力，忍受多少孤独。

到京北第一草原大汗行宫游览，辽阔的草原，湛蓝的天空下，成吉思汗的行宫即停驻于此。这个马背上的民族，从一个偏居北方草原的地方开始，建立起横跨欧亚的帝国，将中国的版图大幅扩大。也许那时蒙古的交通工具是马，马刚好是那个时代最快的交通工具，蒙古人又是天生的骑马好手，所以，天时地利人和，蒙古人就统一了中原。

草原上没有大山，比较低矮的山包起伏不定。高速公路平直地穿越草原，两边的山包均被栅栏围着，圈养的牛羊或马在各自的领地上闲散吃草，偶然会有一匹马独立在山头，产生绝美的视觉效果。草原没有大朵的花，只有较小的花儿，走近了才能看清，远远看去，淹没在一望无际的绿色里。

夜晚的草原，月光皎洁，虫声更显静谧。远处的景观处正举行篝火晚会表演，我们住在一个僻静的农庄里，吃着烤肉，感受着最原始的宁静。

在这样远离都市的草地上，多少年以来，曾经有多少代人在这样生活着，他们像丰茂的青草一样生长，任世袭的人间，花开千遍。简单而透明。

在这个浓烈的季节，所有植物不管以何种姿态都倾力生长，这便是夏的本质。

刻在课桌上的字

在警院学习，排列紧促的课桌均涂上蓝漆。光洁瓷实的蓝漆，使每个想在上面写下的字迹，很难留存下来，被旁观者看到。由此也使不少的一时感慨的心情文字寂灭，躁动的墨渍无从下手。只是偶然，损伤的斑驳漆皮间留下一星半点的文字，让后来的观者猜测着写字人的心境，会意一笑。

我坐的一个座位上，漆皮斑驳小块桌面上，写着四个字：查证属实。相邻的另一处写着：分别处罚。单看这八个字，娟秀的字体，似是女生的笔迹。相信这是个认真的学生，在课间的知识回顾时，不由自主写下了关键字句，法律课的痕迹啊。

在课桌上刻字励志的鼻祖，应该是鲁迅先生吧！他那个刻在课桌上的"早"字，激励过几代同学。最初是简单效仿，也刻在课桌上一个"早"，后来就越来越多样化了，乱刻乱划使我们木质的桌面倍受刀刻之苦。

还记得我高中时的课桌，被刻上的励志字：攻克堡垒，永攀高峰。那是我早几届的一对同桌的杰作，不仅刻字励志，还把名字改成了：克垒、攀峰。考上大学后有点后悔，这样的名字太生硬太高调了，也没法改了。

在课桌上写字，每个人都有，有的课桌上字密密麻麻，有的是层层叠加，有的潦草模糊，可能写者也并不想让别人看明白吧。

没有人刻意去擦掉它们，课桌就是文字的舞台，自生自灭。

这些或深或浅的文字痕迹，记录着一代代学生的奋斗、迷茫，也有追求和梦想。

我的一位同学，和另一位男生在各自的课桌上写上席慕蓉《渡口》的诗句："不是所有的梦都来得及实现……热泪在心中汇成河流"，引来同学的围观。后来，二人历经曲折成眷属，可惜因为过于了解又分开了。文科生的小情小调，少不了诗歌这种青春毒药。席慕蓉的清新纯净，时间草原之上的天马行空的畅想。

那时段，琼瑶的小说也正流行，一部部青春呓语的文字被我们传阅，琼瑶的语气有多矫情，我们的兴致就有多高。往往是一边挑剔自嘲模仿，一边在课堂上偷偷阅读。也许，那些与现实疏离的文字，暗合了青春期对现实的单纯情感怀想。

还有流浪作家三毛，走遍世界角落，文字里的自由自在，洒脱不羁，天涯海角，撒哈拉沙漠的异域风情，都令我们为之迷醉向往。

刻或写在课桌上的文字，是年轻心情的只言片语，是青春的一声长啸，抑或一声叹息。

中年的课程，沉默少语，萦绕于脑际的千言万语，最终还是沉于静默，再不会有在课桌写字的举动。也许，写字的方式已变，电脑平板手机均可即兴写字，无须执笔甚或执刀了。

变成当年的母亲

忽一日，我的微信里收到有人要求我添加其为朋友的请求，微信名字：幸福的小羊。本以为是谁家用了孩子的小名，稍作犹豫之后，便按了接受。谁知添加之后，打开微友的界面一看，竟是我的高中同桌——她，好一阵惊喜。

我们有大概二十年的时间没见面了，但同桌时的相处时光很愉快，几乎亲密无间。上课同桌学习，餐厅一起吃饭，花钱不分彼此，宿舍的床铺并排挨着，周末一起回家。

那时的她高、黑、瘦，性格倔强而敏感，不爱主动与人接触，貌似清高，实则自卑。学习积极性不高，对现行的高考制度心生抵触，对前途总是有一种悲观的看法。

她的母亲在我看来相当亲切，脾气温和，而且是农村难得的文化人，识字较多，且能讲课。不过，她是当地一个信主的小头目，农村俗称"主头儿"，基督教的忠实信徒。记得星期天，我们到她家后，慈祥的老妈妈开始滔滔不绝地给我们讲教义，称我们都是迷途的羔羊。这时的她往往是不屑一顾地笑着，语带讥诮，打断母亲的讲话。须知，高中阶段的哲学课刚刚树立了我们的无神论思想。所以，对于基督教的说教认为就是匪夷所思，逻辑混乱。

她母亲相当有耐心，在传教的问题上从不气馁，可以说是循循善诱，有一段时间我两个几乎被说服：约定考北京神学院。我们那时并非在思想上对基督教有多么认同，只是迫于高考的压力，为了考上大学。因为她母亲可以从教会推荐，分数上低于一般录取线。谁知，我回家一说此事，被坚定的无神论父亲严厉批评，断掉了这个荒唐的念头。

后来，她也没有去考什么神学院，高考落榜后，在他父亲所在的学校做了一名代课老师。再后来，她结婚生子，母亲去世，辞去代课老师，自己搞养殖业致富。

和她的见面是在她家里，微信联系之后，我找到了她乡村的家里。变化是必然的。二十多年过去，青春的影子都没有一丝了，中年的样子相互投射在对方眼里，相看都忍不住感叹。

她依然高、黑、瘦，眼睛里却没有了倔强，一派温和。家里放置着一个电子琴，说到高兴处，她起身为我弹奏歌曲。我很惊讶：我记得上学时不懂音乐，什么时候学会弹琴了？她解释，自己因为需要教信徒在教堂唱诗，自学学会了看谱子弹电子琴伴奏。这一下我更惊讶了，原来，她也成了基督教的忠实信徒，并且是这一方的"主头儿"，变成了当年的母亲，重走了她母亲当年的传教人生路。

我们一杯清茶，相对而坐，从少年时的批驳、叛逆，到后来的讥讽、嘲弄，她认为家庭的贫困邋遢与母亲信教太过、不善操持家务有关，始终没有改变她母亲，她也就懒得再理母亲，有一段时间母女甚至形同陌路，水火不容。而她的母亲继续用教义来宽慰自己心灵，救赎迷途的世人。

后来，母亲去世。她结婚生子，教书育人，创业致富。经历了生活的诸多艰辛之后，对命运的强大产生了敬畏，突然在四十岁将至的一个夜晚，想起母亲，泪流满面。她说那一刻她突然理解了母亲，原谅了母亲。对她曾经认为的"不务正业"的基督教也产生了兴趣。她开始翻阅母亲留下的落满灰尘的旧书籍，竟然一发不可收拾。她到教堂参加礼拜。自学了电子琴演奏，教信众唱诗，被推荐为"主头儿"。当然，这一切都是守法的，向善的。她说她这样做的时候，心理特别平静幸福，找到了心灵归宿。

这时我才理解了她的微信签名为什么是：幸福的小羊。这与她母亲那时称呼信众为：迷途的羔羊，是一样一样的！

与母亲在心理上达到了真正的和解，首先得益于和自己心理上的和解。时间会改变一切，时间会摧毁一切。女孩成长的过程就是先与自己和解的过程。接纳和放弃都需要过程。

很多时候，我们都貌似离经叛道，在走着与父母不同的道路，实际上，我们最终和母亲走着最为相似的道路，结局一样。

仔细想来，办公室的白领们以为自己的表现优于自己的父母，其实这不过是因为经济结构转型造成的。现在在公司的格子间里做PPT的那些美女，和当年工厂里的女工们基本没本质区别。现在每天刷微博刷朋友圈发微信的新一代，跟当年父母写信发电报的也没多大区别，不过是通讯方式的改变而已。

记得几年前看过美国一个畅销书《我母亲我自己》，作者用类似于自传的方式，用心理分析的方法，剖析女孩在成长过程中，和母亲的关系，从最初的共生关系到独立的自我觉醒意识的成长过程，是一个否认再否认的痛苦撕裂。一定年龄后，才能与母亲渐渐达成心理和解，最终达到认同。

中外的文化背景虽然迥异，但在现实的同样文化背景中成长起来的两代人，即一个家庭的母女，还是有不可思议的相似文化烙印。

二十多年的成长后，并未长成与母亲有多大不同的样子，似乎是转了一圈，又回到了原点。她信她的基督教，用她的教义平复心灵。我坚持我的无神论。我们依然可以是很好的朋友。

将文字进行到底

有一天，突然一个闺蜜问我：你爱好什么？那一刻，我的认真思考和回答也让她认真起来。我好像爱好很广泛，但都是三分钟热度，呼啦啦一阵子烧过去，只剩下灰烬余热。唯有对读书几乎没有厌倦，一直不间断地读文学书籍，不知这算不算爱好？在安静的文字里，能感受自尊自爱，坚强宽厚。世界多么宽广，不只是空间的概念，还可以是精神的无限延展。在浩瀚的文字世界里，不乏感动激情，带给我们更多的是慰藉温暖和启迪。

似乎在各种爱好中，文学是最不现实的。基本的语文教育在实际的工作和生活里已经够用，再多似乎是无用的。但是文学的激励作用从来没有人否定。文学巨匠鲁迅曾经在文章里论述过"文学"这个词：文学是国民精神所发的火光，同时也是引导国民精神的前途的灯火。

网络上一篇文章广为转载：《在怀疑的时代依然需要信仰》。作者是现任人民日报评论部主任卢新宁，北大中文系的学姐。这是一篇在2012北大中文系毕业典礼上的演讲，激励了大批的热血青年。

卢新宁的标题用词审慎准确。文字的功夫可见一斑。今天的时代纷纷攘攘，世界被名利的洪流裹挟，泥沙俱下，理想主义退居其后，人们羞于谈论理想。现实的是非标准模糊错位，"精致的利己主义"兴起。所以，许多人发出：中国人是缺乏信仰的人群。卢新宁的标题对时代的定义就是"怀疑的时代"。当时代的标准答案模糊，信仰方向偏差，时代如何定义，也是颇费脑筋的事儿。卢新宁的阐述平实自然，身边的例子事实信守拈来。她最后引述学者崔卫平老师的一段话特别使我激动，我把这段文字转发给了许多好友：无论中国怎样，请记得：你所站立的地方，就是你的中国；你怎么样，中国便怎么样；你是什么，中国便是什么；你有光明，中国便不再黑暗。

这便是文字感人的力量！不管时代怎么变化，一个精神个体的人，还是要有立身行事的精神准则，自我修养，自尊自强，不依附权贵，不欺弱媚强，忠实于自己的内心，这才是活着的意义。

当代文化学者张荣寰在 2006 年 9 月重新界定文艺：文艺是文学的社会表达；文艺是陶冶人的人格及其生态的载体，是人心灵的养分。

人类社会通过对文艺的传承和提炼，不断地提高文明的高度，使人幸福成为可能。

在过往的某一阶段，或许文学被赋予过太多的功能，不堪重负，也失去了最初的陶冶情操的功效。文艺的回归，是个性的回归，是遵从了内心的指引。

这么多年，走过许多路，依然有迷茫；见过许多人，依然相信真诚；经过许多事，还是会感动流泪；读过许多书，却从来不曾厌倦。并非清高，我也是女人堆里俗之又俗的一个，爱美食，爱靓衣，爱喧嚣热闹的广场舞，有时也爱八卦。

回想起有一次和警校的同学闲聊，她说："我还记得咱俩晚饭后在校外散步时，谈到将来的职业，你说你想当作家。你还记得吗？"我很惊讶，全无印象。没有压力，没有作秀的成分，我想在那样的环境下说出的话是我真实的想法。可惜这么多年，自身的惰性，使自己几乎无所建树。闺蜜文友从十五年前开始潜心写小说，如今成绩斐然：出版长篇六部，影视前景无限。相比之下，自愧不如。十年的艰辛付出，外人不能想象：没有交往，没有朋友，独居陋室，饭食简单到极点，几乎是填饱肚子即可。这样的坚持，没有对文学的刻骨爱好，是无法坚持下来的。所以我俩在一起聊时，我常说自己是一个伪文学爱好者，她才是真的，是真正为文学献出身心和青春的人。

沉醉于书香文字中，让我们拥有更广博的见识，更成熟的内心。文艺在心，不在其表。文艺，但不矫情。文艺的心，自尊自爱，自强自警，保持对世界的包容悲悯，也保持对善良足够的敏感。

年轻时是文艺青年，中年时不妨做一名文艺中年，保持一颗文艺的心。

聊寄一枝春

折花逢驿使

寄与陇头人

江南无所有

聊赠一枝春

　　这是南北朝诗人陆凯于江南的梅山上，面对盛开的梅花，折了一只梅花寄给了远在北方关中地区的范晔，顺便写了《赠范晔》一首诗，是友人间的真挚高雅情怀。

　　斯时，江南暖地梅花开得清秀，而北方雪意未退，寒冷犹存。

　　江南真的无所有吗？不过是：所有的丰饶的物质皆不及这一枝春意更使人心意难平。

　　一枝梅花，便是满眼春光。

　　原来是两个男人的友谊"真爱"，如若不知道，只看字面，还以为是以花传情的有情人呢！后人以"一枝春"作为梅花的代称，也常用作咏梅和别后相思的典故，并成为词牌名。

　　无法面见的遗憾，暂且以一枝花替代心意，不得不叫人猜测两个男人间的"真爱"。春天将至未至，就让深意如春风拂过心田，如一束开着的心花。

　　谁知道呢！在古代的上元节，也就是现在的元宵节，也曾是男女定情幽会的节日。恰恰与现代西方的情人节挨得如此之近，不由人不想到是春天将至的缘故。

豪放派辛弃疾的宋词里不乏这样的描述：众里寻他千百度，蓦然回首，那人却在，灯火阑珊处。说的就是这样的一个元宵之夜，一个人寻寻觅觅他的有情人。

北宋的大文豪欧阳修也有《生查子》：去年元夜时，花市灯如昼。月上柳梢头，人约黄昏后。今年元夜时，月与灯依旧。不见去年人，泪满春衫袖。

原来元宵之夜也是情人幽会的好日子。古典的中国并不是那么封建地，也是允许自由恋爱的。

西方的情人节又到了，除了商家借以促销的噱头外，新的一代已习惯将之列为定情的良辰吉日。

二十年前，《大话西游》是情人节必看的电影。紫霞仙子与至尊宝的隔世之爱"让人猜得了开头，却猜不到结局"。影视外的朱茵和周星驰也恰如剧内的迷局，在二十年后尚得相逢一笑泯恩怨。

二十年后，《大话西游3》再出，时光无情流转，当年的紫霞仙子，沧桑隐隐可见。多情种子至尊宝在戏外亦是灰发满头，却孑然一身，背影落寞。

"谁是我，消散了前因的后果；谁是我，立地成佛的心魔？……所爱一生，额头的枷锁。掐指一算，快乐少，眼泪多……"

最好的年华相遇，即是一瞬千年，开头即是结局。江湖间这一段纠结，感慨和感动变成了经典。一首"苦海翻起爱恨，在世间难逃命运"曲终，曾经为爱相识相拥的人也终将散去。

在寒冷的高原，仓央嘉措写给了不知名的情人：

　　雪花把天空飘的很轻

轻如风中的爱情

　　被诗歌埋没了一生的人

　　黎明前又重新回到了想象中

　　恰如在梅花盛开的江南，卧倒于暗香的浮想，简单的水清月明，让春风快些呵暖春天莅临前的枕冷衾寒。

　　要么，就差春风做那八百里加急的信使，往来在朝阳与暮色间，聊寄一枝梅花，聊做一枝春色，聊换一场温暖怀想。

流浪树

马路边上一棵棵排列有序的树，恍如一排整齐站立的人，他们从哪里来，在将来的城市变迁中，又会到那里去。他们注定是一棵棵的流浪树，生在别处的流浪树，长在此地，然而是暂时的，无定的。他们的故乡何处，是否会水土不服，是否像人一样长出乡愁。

我的这些疑问像乡村的老中医一样，见惯了各种病情，再也没有了慌乱焦急，慢吞吞平淡无趣地吐出了这些字。

树是有心的，树的根一旦扎进大地，就会用树枝触摸天空，用树叶倾听风语，茂密的树叶就是树的一只只小耳朵，夜里，探听大地的秘密；白天，清风过耳，树用它的片片叶子和阳光清风交谈。它们也有叹息，只是在寂静的夜里发出，人是听不见的。黎明叶子上的露水，有人说是树的晶莹的泪珠，是想家的泪珠吧？

叶落的季节，树也有离愁。从片片落叶里，就是树疲倦的失落。一夜秋风起，片片落叶黄。下西风黄叶纷飞，染寒烟衰草凄迷。晓来谁染霜林醉？树的愁绪就是人的离愁。但树是有节制的，树的愁绪只在自身，不会把情绪对别人发泄，最厉害的是脱掉自己的一身叶子，神情落寞寂寥。

站在城市的高处，俯视，看不到树，只看到林立的高楼。这些高楼构成了城市的主体，树是城市的点缀物，零星的绿色，被淹没在楼群之中。蜗居的人们变成了格子间里的软体动物，温暖的被囚禁的软体动物，高层楼房窗外的天空，只有天空，无法看到紧贴大地的枝叶繁茂的树枝随风摇曳的影子了。

空间窄小，城市缺少容纳树的地方。

一棵树的流浪是没有时间表的。树不是候鸟，随季节栖息。就像我家乡村子里的村民，他们在一个个城市里辗转，寻找养家挣钱的门路，燕子筑巢般，一点点衔回养家的微薄。高楼林立的脚手架上，川流不息的马路边，风沙扑面的北疆，烈日炎炎的南国，他们的身影穿过城市，没有留下影子，他们不是城市的主人，只是过客，只是建设者。虽然他们有时候受过城市的伤害和惊吓，但是他们的血汗倾洒过城市的热土，那里也寄予着他们的新奇和希望。他们是一些见过世面的树，在城市里也发出过新的枝丫。

回到村子的树是安定的。家乡的土地给了他们安详。在城市，他们紧张和拘谨。家乡的方言只看口型就懂了，一棵听不懂普通话的树在城市里尤其水土不服。

我相信树也有尊严。刚刚移植的树也会闹脾气，常常能看到树身上挂着吊瓶输液，树生病了，心情不好引起的。树越粗大越难移栽，就像一个人，越老越不习惯外面的世界，越难舍弃对故土的眷恋依赖。

麦子的青春季

麦子黄了，麦穗饱满了，还记得麦苗青青，春风拂面的时候吗？

那时候垄上花开，正是麦子的青春季，麦子们枝干有力，枝叶青翠。一阵春风，麦苗骨节拔高的声音仿佛吱嘎作响；一场春雨，就是一场麦子啜饮的狂欢。

麦子有私语。麦子就通过春风传递私语，说着只有它们自己能听得懂的话儿。空气里的花粉漫舞，这些怀春的麦子，是春阳催春风化春雨，一派绵绵密密的爱意中，孕育出人间最寻常最不可或缺的美味粮粒。

四月，大地上的麦子绿意森森，扑面而来的全是绿色，这时节啊，麦子才是大地的主人。它们像一望无际的绿海，风来，跌宕起伏，绿波万顷；日照，神采奕奕，生机盎然。田间的杂草，沟边的野花，全淹没在大片的绿色里。麦子的青春也是无敌的，就像一个人最好的年华，青翠、饱满。气势逼人的绿，朝气蓬勃，望之欣然心动。

麦子在春天里生长，享受春风的吹拂、春雨的润泽，像备受呵护的大地宠儿。《诗经》里那些袅娜的身影——浮现在麦子身旁。"我行其野，芃芃其麦"，春光旖旎，鸟儿啾啾，最美人间四月天，这些麦子们充满青春气息，青嫩可爱，宛如诗经里的女子，赤足站立在田埂上，随风舞动腰肢。

麦子的青春勃发是在《诗经》时代，那是最贴近自然，最朴素的诗歌时代，麦子进入了传唱的诗歌体系。麦子却是唐诗和宋词里的稀缺物，风花雪月、琴棋书画成为唐诗宋词里的主角，一再被咏吟传唱，此时被忽略的麦子，成为俗世里的寻常物，只为饱腹。

其实，麦子是人们最亲近的、最该被感恩的植物，循环往复的岁月，一茬茬的麦子发芽成长，一陇陇的麦田收割复耕，以你为食，你负重的身姿，也曾经写满过饥荒年代的期盼。

在春天，你来，叙述出无数代人的田间故事；到夏季，你走，留给大地一片沸腾的丰收歌舞。

麦子的收割季

　　暖风劲吹，滚滚麦浪吹成了金黄。空气中荡漾着麦熟的气味，中原地带的麦收时节又到了。即将收获的农人看着饱满的麦穗，心里乐开了花：今年又是一个丰收年！

　　还记得原来的麦收季节到来之前，农民们就会早早做好准备。打麦晒麦的场地，提前半个月就碾压得平整光滑，粮仓清理干净，桑叉，木锨，扫帚，镰刀等用具一一备好，只待麦子熟了，开始劳作。农村的俗语有：种麦一季，收麦一时。收麦必须抓紧时间，抢收抢种。如果耽误了时间，天下起雨来，就把一季子的庄稼毁了。

　　相信作为一个农村人，都体味过割麦子的劳累和紧张。天刚亮就起床，简单吃点东西，到麦地开始割麦子。太早了也不好，因为有露水，怕麦子潮湿。因为麦熟就在几天内，必须及时收割，过了这几日，过熟的麦穗会断折，或者落下来，减产。所以在几天时间内，即使顶着大日头也要抓紧时间。那个割麦子的滋味不好受啊：头顶烈日炎炎，还得穿着长袖衬衫，不然自己的胳膊都会被麦芒扎肿，脸会被麦芒扫得又痒又红。有月亮的晚上，凉快了，露水下来的晚，人们甚至会割麦子直到半夜。我家就曾经这样。确实能体会到：粒粒皆辛苦啊！

　　原来割麦子，农具是镰刀。所以，农人早早地把镰刀磨得锋利。暖风吹拂的夜晚，从家家农人的院子里传出尖利的磨镰声，此起彼伏。那是在为第二天早上的开镰做准备。有经验的老人说，一把好镰，抵得上一个壮劳力。如果镰刀钝了，就好比打仗的手里没了好武器。

今昔对比，不禁感叹，现在的农民真是太幸福了！割麦都用上了收割机，再不会像过去那样辛苦地用镰刀一把一把地割麦子。看综合收割机的主人，和站在地头的农家谈好价钱后，就把收割机轰隆隆开进这家子的责任田里，几个来回，只见麦秆一排排整齐地割倒在地，麦粒颗颗盛放在巨大的铁斗里，农民只需把已经去除了麦皮的净麦粒一袋袋装起来。更有省事的，收麦的买主就等在地头，直接称重后付给现金。无怪乎有人感叹：现在的农民都是懒人啊！其实这也是农业科学发展的必然，把农民从繁重的体力劳动中解脱出来了。这有什么不好呢！想想以前的农民过的什么日子啊，机械化的时代，农民的生活确实应该与时俱进了。传统的脱粒是依靠牛拉石磙反复碾压，再依靠人工，借助风力，吹走麦糠，留下干净的籽粒。再以后，为节约牛力，有人干脆连同麦秆摊在大路上，依靠过往的车辆和行人来脱粒不仅给行人带来极大的不便，而且危险迭出，我就曾经目睹了一个小轿车卡在一段摊着厚厚麦秸的路上失火自燃的情景，根本就没有灭掉大火的可能，只能眼睁睁看着小车烧光。

现在，交通主路上基本没这种情况了。综合收割机一遍净，出来就是净麦粒，直接省略掉了专门脱粒的环节。

小时候记忆最深的是半夜"抢场"，就是晚上麦子摊在麦场上晒，半夜突然变天下雨，于是，大人小孩都起来，把摊开的麦子收拢起来，或把没有脱粒的麦秆垒成剁，防水淋湿了。那个累啊！白天从清早起床就到地里割麦子，捆麦子，拉麦子，到半夜累的眼睛都睁不开了，还必须跟着大人飞快地干活。所以，这辈子最害怕干的活儿就是割麦子。

好在时光流转，手工割麦子已经成为过去式。我作为一个经历过繁重劳动，手工割麦子的人，真心想为现在的时代唱赞歌。

扬　麦

　　五月，麦收季节来临时，在故乡一望无际的金黄麦田里，微风中，滚滚麦浪摆着饱满的穗头，轻轻荡起一波又一波的细纹。空气里也飘浮着小麦特有的气息。

　　这是个成熟的季节。

　　田埂上站着头戴草帽的老农，眯着笑眼，向着麦垄挥起了收割的镰刀。于是，一车又一车的带着麦秸秆的麦子们被请回了麦场，在牛拉石磙的吱吱扭扭声中，一圈一圈，渐渐地碾开穗头的麦子……

　　那些火热的劳作，热情的邻里互助，丰收的喜悦，满怀的希望，是我对关于少年时，故乡仍处于原始的农耕时期的深刻而欢欣的记忆。

　　麦场里堆起了浑圆的麦秸垛。而带着秕糠的麦子也被拢在一起，只待风起，就会在农人上扬的木掀里，脱净籽粒。

　　扬麦，是传统的脱惊籽粒的方法。如何有效地去除鱼龙混杂的草籽和秕谷，在农事经验里，是那个时代简捷和聪明的办法。也是农人在历经了整整一年的期盼之后，最为欢快的劳动时刻。

　　那时我常常站在风的上方，任扬起的麦粒，像雨点一样落在自己的身上。抚摸这些麦子，脱去了外在的包裹着的秕糠，它们沉实，饱满，露出了生活的本色，承载了季节的期待和农人热腾腾的希望。在优选之后，甚至可以在来年生根发芽，做生生不息的种子。

而那些虚浮的麦糠和秕子，则由风把它们吹向麦子的下方，实施了巧妙的剥离。它们被清扫堆积，做了牛的饲料或农人灶下的柴薪。从此，沉实的籽粒和浮假的秕糠拉开了距离……

尽管在葱茏的岁月里，秕、草籽、麦子同时生长，分不清彼此，但终究，真实的和虚假的会剥离开来。

扬麦，是我从农事里最先留心的扬弃。在以后成长的岁月中，我也在渐渐学会扬弃。

那些曾有的迷茫、浮躁在一天天走远，沉静和坚定终究会成为自己的步伐。那些轻的、漂着的东西终究要离去，就像过眼云烟。只有沉下来的、石头般坚硬的内核，才是我们长久需要的。

大雪散记

从高速一路向南，雪越来越大，鹅毛大的雪片借着劲风扑打在车窗。车前的雨刮器来来回回划出沙哑的声音，大风似乎在空中旋转扭动，打着尖利的哨音。

大雪漫天，穿行其中，恍如和平常的天空隔着一道幕布。地上已经蓄积了厚厚的白雪，大风劲吹，雪花飞舞得更起劲一些。一阵阵强风袭来，平铺的雪表层吹得一层层滚动，雪浪！如水波。隔着一层玻璃，听着凌厉的风声，厚厚的积雪里前行，似乎乘坐的车辆也变得轻飘了，一不小心会被风吹得滑动偏离了路线。

艰难地行走，终于下了高速。最怕红绿灯路口，刹车一时间失灵，在雪里滑过标志线老远才能停下，当然是看不到标志线的，它已被厚雪遮埋。幸亏道路两边的绿化带，高出地面很多，不至于被大雪覆盖。

夜晚来临，天色已暗。在车灯的照耀下，路上的雪泛起白蓝的光亮。雪花在光线里狂舞。突然想起盛夏，夜晚的水塘边，手电筒的光线下，飞舞的蚊虫，那个密度，使人喘不过气来。

到家已是晚上11点了。下车，脚步踩到了雪上，才算有了踏实的感觉。一路上车子恍如汪洋里的一条船，让人心里也悬着。

早上起来，隔窗远望，城市楼群被白雪掩映之下，似乎变得明亮多了，也清洁多了。

静。异与平日里的喧嚣，到处都是静悄悄的，似乎一场大雪消弭了城市的噪音。

从小区走出，就到了街道上，有市政的推土机被临时变更性能成了推雪机。巨大的轰鸣声里，车行道里沉积的雪被推成一堆堆地放在路边，保证了道路畅通。人行道就不行了，推土机的宽度无法进入，积雪只有在行人的步履下挤压成光滑的溜冰，一不小心，就会仰头滑上一跤，严重的居然有骨折发生。所以，大家的脚步都格外小心。

距离上一次的大降雪有半月的时间。上次的积雪刚融化完毕。路边最初是白色的雪堆，蒙上尘埃后变成了堆堆黑雪，在街头行人和车流穿梭中兀自融化净尽。

上一次大雪，在将融未融的冰雪中行走，一不小心被滑倒在地。还好，路过的两个女孩帮我拉起来了。好久没有摔过这样结实的跤了！腰疼了好几天才恢复过来。

街道上车辆骤然减少，步行者变得多了。挡风遮雪，一个个裹着厚厚的羽绒服，戴着帽子和口罩，系着围巾，全副武装，只露出一双眼睛。这时大家会发现：我们原来是可以慢下来的啊！平时的车水马龙，步履匆匆，也可以被悠然的步行代替。世界还在眼前，不长不短。

沿着街道，偶有勤快的商家在清扫铲除门前积雪，将雪散乱地堆在路旁。好希望有巧手的，能堆出惟妙惟肖的雪人或动物图案来，却看不到。浪费了这难得一见的大雪！

在网上看到过东北的人家，把门前的雪堆出了一个个栩栩如生的动物图案小狗、小猪、小马驹等，还有朴拙的小雪人。可惜咱这里没有巧手的充满童趣的人，愿意玩雪。

到图书馆借书，拿了两本，一本是文学，一本是传记。登记处，突然把名人传记还了回去，不想看了。每个人的人生都是不能复制的，时移世易，没有一模一样的成功。再者，别人的成功与我又有什么意义呢？过自己平凡的生活，做好眼前的事情，不求完美，心安即可。

晚上，同学聚会，欣然前往。落雪的冬天，饭店灯光柔和，饭桌上冒着热气的火锅菜品，透明的酒杯，是最适合小酌浅饮、笑语微醺的。

出了酒店，天空又飘起了雪花，风也紧了一层。正值"四九"严冬，空气很是冷冽，裹紧全身，风吹雪舞中，悠然走回了家。

再看故乡

记得一位文学批评的学者说：故乡和田园是当今文学的两个伪名词。我觉得此话一语中的，相当直白。常常在无病呻吟的诗歌里读到那些伪装的乡村田园之爱，对城市的抗拒排斥阴暗嘲弄之语，我就会对作者的阴暗心理反感：城市既然这么坏，你何必赖在这里？田园那么好，你怎么不回去守着？看来在某些文人的做派里，写的和做的是不一样的！

我被拉进的一个文学微信群里，看到有人经常发这样的文字，好烦。忍不住送给他一个字：装！

在文学的笔下，故乡是母亲的皱纹和童年的纯真。那个贫困、迟滞的时代一去不返，留给我们的画面只是回忆而已，彼时的美好也不过是青春年龄段的美好，每个人都这样，是对如水年华的年少的留恋。文学中美好也只是虚的，问一下，谁还愿意出苦力劳作？没见几个人愿意再干那些又脏又累的气力活儿了！谁还想回到那个时代，穿破旧补丁的衣服？美好往往是和轻松愉快联系在一起的，沉重的往事都不愿再提。

诗人的笔下，田园是蓝天白云、青禾野草，外加老树炊烟、家畜入圈。但让他们回归田园住上三天，生火做饭、鸡鸣羊叫、灰头灰脸，自己汲水点油灯，掐断网络，远离繁华朋友圈，没有吹牛喝酒愤世嫉俗的听者，不急死才怪，假装的清高毕露无遗。

城市是社会的自然发展，接受它们的美好，容纳和改进它们的不足，方是正理。眼睛只盯着阴暗面，一味地说怪话，唯恐天下不乱，这些人一方面享受现代文明的成果，一方面假装清高骂社会，此等人实属心理不健康者。

进入城市生活已二十多年了，家乡的变化确实很大，好在我生活在一个县级城市，离农村的距离很近，我也经常回到乡村的老家，故对于乡村的变化没有那么多的惊讶，可以说我是一点点看着她发生变化的。

现在的路修的太好了！小时候的泥泞小路，变成了平直宽阔的水泥路，直通村庄。开车进村，几乎大路可以通到任何一家的门口。原来家家低矮的房屋，几乎都改成了二层小楼，外观整齐洁白，和城市的楼房没什么差别。只有久无人居的房屋显得破败，院子里草木茂盛杂乱。

热闹拥挤的乡村，如今显得稀疏冷落。常居的人口以老年人和小孩子为主，成年男女大多出门打工挣钱去了，留下的都是劳动能力不全的。即使农忙时间也不一定回家，因为现在的收种都实现了机械化，再不是靠体力劳动收种了。在外打工的人，只需将钱寄回即可。小麦和玉米原来是中原地带的主要粮食作物，现在都实现了机械种植和收割，作为曾经的农民，对农活的辛苦深有体会。人力从繁重的农活中解放出来了，农民真真赶上了一个好时代。

曾经，水和电是农村和城市的差别最大的地方。记得小时候，在昏暗的煤油灯下读书写字，多么盼望明亮电灯；从辘轳老井系水时，盼望有一天能通上自来水多好啊。如今这一切都在农村实现了。家家自来水哗哗地流到灶边，替代了早前的大水缸；家里不仅通电，还实现了随时上网，wifi信号全覆盖，在乡村也可以纵观天下事。有的村子甚至安装了路灯。夜晚来临，路灯高高照亮，乡村不再是一片漆黑。

惊讶的是，曾经饱受诟病的广场舞竟然在农村里开始兴起。晚饭过后，一片不大的空地上，五七个妇女，打开音响，就可以跟着节奏跳起不逊于城市的舞步。

乡村没有了原来的面貌，成了一个全新的形象。城乡几乎没什么差别了。城市不过是人口密度大，人多车多而已。

撇开生存的因素，新农村无疑是好的安静的居住地。可惜，我们依然离不开城市。人类是群居的动物，孤独是人类的大敌，也许从祖先血液里传下来的。虽然短时间的孤独对于自身思考有好处，长期的孤独则可能造成孤独症。我们爱城市，大概就是爱她热气腾腾的活力，喜欢她便利配套的生活条件，有序运转的服务设施，同时应该有一种安全感在内。

故乡和田园于我们似乎是精神依赖，也许是农耕文明的精神传承。城市是现代文明发展的必然。爱生活，拥有精神上的田园，驻足现实中的城市，脚踏实地，牢牢把握当下，珍惜生活。

隐士是个伪词

新年伊始，现代隐士张二冬火遍了互联网角落，微信群里不断转发，点赞的、眼红的、崇拜的、吐槽的，各种声音嘈杂纷乱。隐士所在的终南山再一次强势霸占网民眼球。

《借山而居》是张二冬呈现他在终南山隐居的生活，这本散文据说发行了十万册。又据说真的隐士不为人所知道，被人知道的都不算是真隐士。

张二冬是个 80 后诗人、画家，2013 年开始租住终南山上的一个农家小院。自己种菜、养鸡鸭，带着猫狗为伴，长居终南山。但是他不寂寞，他自称有非同一般的丰盈的精神世界，还因为互联网也覆盖了，可以不时上网，适当晒晒自己的生活场景，总引来大片的回响。

这算是隐士吗？我看这更像是一场处心积虑的市场营销。近日，张二冬正接受长江日报记者的采访，他对隐居这件事儿颇为得意："这世上有一种成功，就是以自己喜欢的方式过一生。"断语不须太早。能不能耐得住寂寞难说，再者言语中如此注重成功，又是接受采访，又是出书，哪里有一点隐士的风骨？简直是糊弄网民的智商。

感觉隐士这个词，是指有点文化水平、行政能力的，品行高尚、行为磊落的，不愿做官、只想种菜种花的，貌似没志向的，喝点小酒，能吟诗作画的，才配称隐士。

东晋那个陶渊明在后人眼里，几乎就是个完美的隐士。最初他做官，做得不是太满意，就辞了官。他会养花，会种菜，爱喝酒，会吟诗。后来朝廷多次征召他，他也没有应召。他在民间，自由闲适，最后却贫病交加去世。陶渊明本是个"官三代"，他的爷爷官至大司马，应该说陶渊明骨子里是有点傲气的。他只能算是半隐居生活，他先后曾三次出仕为官，又弃官回归田园，其实也是对现实不满的对峙和另一种抵抗。若用现代的思维去看他，他的田园生活其实是一种消极避世。

外国有个隐士叫梭罗，就是写《瓦尔登湖》的，不过他只是在那里住了两年多，目的可能是体验生活。他号称回归简单原始的生活，却总到离家不到两公里的妈妈家混饭吃。森林里村长吃饭的钟声一敲，他就会飞快地冲出去，站在队伍的最前面。本来梭罗的隐士生活不为人所知，后来他开始到处演讲、宣传，才使他的隐居生活被众人熟知追捧，他的书大卖，连同他住的地方也成了旅游圣地。从他的饿相推测，隐士的生活也是尴尬不堪的。

战国时齐国有个隐士叫田仲。一天，宋国人屈谷去见他，送给他一只硕大的葫芦。田仲打不开它，无法使用。就说：葫芦所以可贵，是它可以盛放东西，而现在您这个葫芦，不能切开盛物，不能用来装酒，这葫芦毫无用处。屈谷说：对呀！就像现在先生你隐居此地，对国家对社会也毫无用处，这跟那坚硬的大葫芦有啥两样呢？

隐士的大门看来是敞开着的。屈谷就那么随随便便地见到了隐士，也随随便便地讽刺嘲弄了隐士。不知道后来这个隐士田仲是否回归了人间烟火，没见历史记载。

隐士的时间特别充足，如何填满它，也造就了不少的奇能异士。据说大多的隐士都具有超能力，他们在江湖上有不同凡响的传说。

前几年重庆缙云山的李一道长据说也是个隐士高人，会治疗癌症之类的世界疑难杂症，备受演艺界人士的推崇，后不幸遭遇打假，被揭了老底。

这个故事再次告诉我们：隐士如果是假的，隐士这个词就会变成个伪词。

与拔牙有关的有趣动词

　　女儿左脸颊的两个智齿，长得越了位，影响咀嚼，在吃东西的时候经常咬伤嘴巴，旧伤添新伤，不堪忍受，遂决定除掉。

　　她所在的大学里有专业的牙科医生，一次在进行了详细的检查和详实的论证后，慎重地对她说：你要是同意，我就帮你把它"抠"了。东北话把那个"抠"字拉了个重长音，这个"抠"字，似乎人的牙齿就是东北的包米棒子，轻易就可以抠掉一颗苞谷籽。女儿听了害怕，没有同意。

　　暑假到家，把智齿列为一等大事，专门到南阳专业口腔医院看医生。医生拿电筒一看就说：明天过来我给你"薅"了，很简单。似乎在牙科医生眼里，这个事像薅草一样简单。

　　第二天，女儿如约而至。按照程序，医生开始准备。她半躺在专用的椅子上，张口，接受消毒，麻醉。斯时，看着锃亮的金属器材，有点紧张，也有点新奇，于是问医生：你们是怎么把牙弄出来的？医生亮着小锤、起子等金属器械说："掘"出来的。

　　两个闯祸的智齿终于被拿下了！女儿摸着尚在麻醉中无知觉的脸颊说：不就是"拔"牙嘛，你那个"掘"字把我吓得面部神经麻痹了。医生微微一笑说：严格说是从肉里"挖"出来的。

　　一个"挖"字，不禁让人后怕：那可是要用上镢头一类的器具哦！

顺便，让医生看了另外一颗有问题的牙，医生敲了一下后说，想换了我就给你先"掰"下来，再"种"一颗新的。

　　看，说得牙齿像小豆子似的，随时可以种植。

我们献血吧

　　母亲病，须输血。持医院单据到血库取血，无奈 A 型血紧缺，南阳血库也告急，一天中一袋也没发给邓州，我们前边已排队了六个用血的，其中有三个等待动手术用。

　　开始没明白，一天中到血库催促三次，管理人员无奈地说：不是我们不放血，谁用都是用，我们不会把住不放的。最后告知可以自己献血，拿到献血证，他们再和南阳协调，出具手续，我们自己到南阳血库调整到一袋 A 型的。

　　问明白后马上组织亲友献血。

　　古城广场旁边长年停靠着献血车，几乎被看做了固定建筑物，平时真也没怎么关注过。进入后，才发现是个设备齐全的房车，里边布置得相当舒适。有空调、沙发，免费茶水，必要时还提供补血饮品。

　　简单问询之后，验血抽血有条不紊地进行。每人献了 400cc，还好，同去三人中有一个 A 型的。

　　献血车上，有一行几个女士已经献血完毕，坐着休息。这几个女士都是平头式的短发，衣着平常。猛一看，我有点奇怪她们的前卫发型。她们低声的对话吸引了我，原来她们是某庙宇的修行者，献血被她们视为积福行善、自觉修行的一项内容。使我对于修行之人有了新的认识，感觉这比那些只在口头上念佛号的强多了，不禁在心里为她们点赞。

拿到献血证后连夜到南阳血库，真的是 A 型血紧缺，好说歹说，只取回了一袋。隔着封闭的窗子，我问询工作人员：A 型血为什么这么紧缺，而其他的都有？他也说奇怪，用 A 型的特别多，而献 A 型比较少，造成血库目前严重的库存不平衡。其中 O 型血液也比较紧缺，但没有像 A 型的这么严重，唯独 AB 型的库存很多，因为用的很少。

上网搜了一下，发现人口的血型比例，其中 A 型占 28%；B 型占 29%；AB 型的占 8%；O 型的占 35%，（以上数字非官方数据）虽然在理论上 O 型血是万能输血者，实际中还是以同类血型为最安全。

在献血车上，与医务人员交谈才了解：每年的最冷时段和最热时段，总会出现"血荒"，可能是天气的原因，献血的人群减少，血源减少，血库告急。目前 A 型血最紧缺，其次是 O 型血。

也许是相关部门对于献血的宣传还是不够，也许是好多人没有遇到过亲友用血的事情，没有切身感受，所以好多人对于无偿献血了解不够，没有那个意识。就我自己而言，1996 年手术大出血，抢救过来共输入了 800cc 的血液。也只是在 1998 年献血一次后，再也没献过了，说起来有点惭愧。这次献血也算是临时抱佛脚。

仔细咨询专业医务人员，得知献血的好处如下：

一、适量献血可降低血液的黏滞度。当血液黏滞处于较高水平时，适量献血，特别是适量捐献血液中的有形成分，可有效地降低血液黏滞度，预防多种疾病。

二、男子定期献血可防癌。英国科学家研究发现男子献血可以防癌，这是因为血液中含有大量铁元素，而人体内铁元素含量水平持续过高会促会癌症，定期献血可有效地降低血液中铁血素的含量，因此健康男子定期献血可收到离癌的效果。

三、中年人献血可益寿。人到中年大多事业有成，经济状况良好，膳食也是味美质优，营养丰富，稍不留神，就会导致营养过剩、脂肪堆积和肥胖，特别是从事非体力劳动的中年人，此时如再不注意调整，就会出现血铁、血脂等指标超标，血液黏滞度增高，动脉粥样硬化等，从而诱发高血压、冠心病、脑血栓等心脑血管疾病以及癌症。献血可减少血液中的所有成分，减少比例最大的是血铁和蛋白，还可降低血液的黏滞度，使血液流速加快，健康的中年人在医生指导下适量献血或血液中的某种成分可以刺激骨髓等造血器官保持旺盛的造血状态，不断增加血液中年轻红细胞的比例，提高机体免疫和抗病能力，预防疾病，延年益寿。

人人为我，我为人人。社会是一个整体，我们非富非贵，大多是平民一枚，依托有效的力量去对抗生命中的不测，而且个人献血有记录，遇到紧急情况个人用血优先，也是利人利己的好事。

我们献血吧！

一只会爬树的"猪猪"

月上千风，《奔流》作家班文友，雌性，终于修炼成了一只会爬树的"猪猪"。

在班级自由交流课上，当她说出这句话时，大家忍不住笑了，也让几近哽咽的她瞬间转换了表情：那紧张的又有些不愤的脸色，成了自嘲而有些顽皮的笑。

因为爱写作，早些时候还不敢说是写作，自己也没认为那么神圣，只是写写心情，搞出来几句心灵鸡汤之类的。又因为属相是猪，身材又胖胖的。一次被老公半开玩笑地讥讽：你要是能成作家了，猪都会爬树了！谁知，她被这么一说，反而激起了她的不服输劲儿：我有一天非让你看看，我是不是个真正的作家！

勤勉异常，是月上千风的一大习惯，她说这是个坏毛病。不管什么场合，有情绪了，就在手机上写，不和别人搭话了，自顾自地写，险些被人当作精神不正常。她尤其习惯夜晚，是个夜猫子。夜晚降临，灵感爆棚，随即下笔如流水，美文汩汩而来。

培训期间，我俩住一个屋子。晚上，当我睡意袭来，她却谈兴正浓。个性活跃的她，爱好广泛，自然才情不凡。书法、绘画均有涉猎，有时还应邀写点书评、画评的稿子，由此珍藏了不少书画精品。夜晚的畅谈，是她给我上的书画知识启蒙课，遗憾的是我太懒，往往在她侃侃而谈五分钟后就进入了梦乡，留下她独自眉飞色舞地说话。

早晨，起床的时间到了，她却像个孩子似的懒床，须我连续催促。但是，一旦她坐起来了，立刻就进入了打扮模式：别看她大咧咧的，那个化妆的精细劲儿，一般人真比不上。先是洗啊，认真地洗脸、洗头、洗澡；接着是抹，护肤、护脸、护发；再后是画，细细地描眉、描眼、描唇。然后是打上发油打理头发，编成交错的麻花辫子披在肩上。还别说，等这一套复杂的程序做完，果然效果非凡，灵气的五官熠熠生辉，更加漂亮了。那一刻，我由衷地羡慕这个巧手的家伙，足不出门，就把自己打扮得精致。

听课的时间，她做记录的速度我也是醉了：那不是一般的快啊！刚好她右手腕戴着一个闪瞎人眼睛的金镯子，相当有土豪味儿，随着她写字的速度，在课桌上敲出紧促的"当当"声音，部分地影响了我的听课情绪。不过，为了一个共同的崇高理想，姐忍了！

她聪明，悟性好，出文极快。大家还在课堂听课的间隙，她就快速地写出来了几首优美的诗歌，拿给我看，因为太过朦胧美，一下子没看懂，我就老老实实地告诉她没看懂。她不在意，还是那么坚持自己的风格：魔幻朦胧着，并陶醉其中。

她也是商人中的另类。写作和读书是经商之余最大的事。她经营两个公司，整天在外奔波，见惯了"江湖"的风雨，自称"阅人无数"。可不，培训的第二天，她开始对部分学员进行了独特的点评，当然是私下的，只对我讲的，后来的事实证明：准确极了！令人不得不佩服她富有穿透力的眼光。

每天上午是名家讲课，中间短暂的休息时间，大家会纷纷围住名家签名、合影。月上千风，她总是讨得的签名独特，她自嘲的说是脸皮厚挤着要来的。茅盾文学奖获得者李佩甫老师就被她

"逼迫"着写了好多字，引发大家的羡慕。

课程结束的宴会厅，五十多位学员和老师们欢聚一堂，酒水相敬。吃到兴处，纷纷开始了自发的才艺展示。月上千风，这只聪明的"猪"，不仅"爬了树"，还特别灵巧地"爬了树"，她先是清唱豫剧里的包公，还跳了异域风情的印度舞，让我大吃一惊，无比佩服。

人散了，各归其家。月上千风却踏上他乡的路，马上到浙商重地义乌，开启她的商业新程。相信在每个夜晚降临的时候，她仍会是那个对着手机不停码字的女人。

终有一天，她会爬上心目中的梦想之树。

第二辑

警苑随笔

新华中路 108 号

新华中路 108 号是我所在单位邓州市公安局的门牌号，我的生活被这个门牌号隔成了两段，一段是我已经消失的乡村生活，另一段是我现在正在消失的生活。

它是我进入后一段生活的一扇门。

在进入这扇门之前，我在乡村和学校间奔波，有时迷茫，有时也充满希望，对城市的向往也是模糊的。我居住在远离城市的乡村，在此之前，仅有的可以记起的进城经历，只留下对小城的浮光掠影般的印象，华丽说不上，只有陌生和不可亲近：这是别人的城市，我只是个远居乡村的过路人，这里的生活与我不相干，我不是参与者。在车站和街道上行走，脸上有事不关己的漠然和冷淡，或者写着对城市的戒备和隔阂。

但是，这是以前，是门外的生活。自从进入新华中路 108 号，街道还是那个街道，自己的感觉却是大不一样了，从到公安局报到起，我的户口落户到了新华中路 108 号，是一个集体户口，不仅是户口上的实际入户，还有精神上的安定感。对这个地方，对单位，我一直怀着感恩心理，不管有人曾经对单位有多少抱怨或遗憾，我是从这里开始，慢慢走进城市，认识城市，并融入城市的。不需要把热爱和感恩表现在口头上，相信每个人都会有如此的感情，我们的青春和热情都播撒在这里，这里记录着我们的奋斗、成绩、汗水，也记录着失意或惆怅，它的包容，使我们有充分的自信和动力。

那时候，公安局还没有搬迁到城东，还坐落在丁字口以西，邓州市最繁华最热闹的地方，东边紧邻电影院，白天，川流不息的行人和车辆从大门前来来往往，嘈杂的叫卖声也一度成为同事们的烦恼。经过改建的四层水泥灰色办公楼，囊括了局里的一半科室，站立在大门的东侧；西侧是三层的临街门面，上边的两层是刑警大队的办公室和退休的行动不便的几位老人住室；在大门口开辟了一间象征性的门卫传达室，如今那个传达室老人，当年曾被我们戏称为"门老"的，已经去世。院内尚有几棵高大的白杨树，夏季来临的时候，浓密的树叶阴影里有知了在叫，响亮的声音传遍公安局大院的角落。

到政办室（现在叫政治处）报到，接待我们的是副主任，那时的她有三十五六岁的样子，穿着橄榄绿色的老式警服，紫红色领带，非常端正漂亮，微卷的长发扎成一个马尾，和当红主持人倪萍简直像姐妹。最惊叹的是她那一手好钢笔字，让几个同学赞叹了好久。不到十年，她却因病去世，不得不让人叹息。

由于住宅家属区和办公区的分割管理，老院子建筑并不对称。连接着大门东边四层办公楼往北是一溜面西的两层楼房，我们私下成为"车库楼"，因为一楼是几个车库，用以停放局里数量可数的警车。110出警队也设置在那里，紧挨着车库，归口治安大队管理。那时漳州110出警模式刚刚在全国推行，变管理为服务的口号直冲云天。每天，不时看到响着警笛的出警车风驰电掣般地从公安局大门进进出出。

我曾待过的分局刑警队和交警队，办公区都不在新华中路108号的公安局大院内，但并不妨碍我的归属感。公安局的会议室设在大门东边的四楼。还记得刚上班时的我们被选上台作为送花和颁发奖品的礼仪民警，应该也是一脸青涩。一茬茬新警充实了公安队伍，一张张年轻朝气的新面孔涌进来。互联网时代，有人说五年就是一个代沟，十年足以把人甩在时代后面。与时俱进、不断学习，是跟进时代的必须。二十年之后手写办案时代就过去了，无纸化网上办公已经普及。

2004年10月，我才真正回到公安局院子内上班，院子北边的面南向的四楼，是改造过的旧楼，楼梯的西边就是110值班室，说来也真和110有缘。与之对称的东边就是机要室。夜晚，偌大的院子里只有四楼的机要室和110在值夜班，连续不断的电话铃声常常要持续到深夜，才安静下来。机要室却是一贯的安静。

老局的办公楼是单面楼，站在玻璃封闭的面南阳台上可以对院子一览无余，阳光透过玻璃窗也可以洒进办公室内。进进出出的人从大院子走过，总带着些个人的讯息。有一位现在已经退休的老王队长不经意地笑着说：我在这个院子里待了二十多年了，经历了五任局长，见过了好多得意和失意的人。人性是最靠不住的，人是最容易翘尾巴的动物。

想来人性都是有弱点的，其实还是缺乏足够的清醒。要知道，你的背后是新华中路108号，这个坚强的基石和平台。

新大楼拔地而起，位于城市的东区，是规划合理的新区。院子大了许多，大楼的主体设计前卫，是九层的双面大楼，办公条件改善了很多。院子里花草树木，绿荫成林，宽敞明亮。搬迁到新楼，精神状态为之振奋。记得2012年的一个星期天，我特意把老母亲带到我的办公室看看，她的眼睛不好，但还是能看到大环境的好。她连连赞叹，嘱咐我好好工作，能在这样的地方上班必须珍惜。

我在参与在第六次人口普查时，已经迁到了新局，派出所户口底页上还是没变，我们的集体户口依然是新华中路108号，在邮政系统的通信记录上依然如此。每天，门卫室会收到大大小小的快递包裹，还是那串不变的文字地址。

　　每天上班，偌大的院子里停满了车辆。前院是清一色的警用车，后院是上班人员的私人车辆。生活的变迁始料未及，私家车爆棚更是一大进步。

　　有时也会有这样那样的抱怨，但是这个单位给予我们的不仅是养家糊口的薪水，更给予了自己的社会价值的尊严。

　　办公楼里的新面孔越来越多，当我们自以为成熟时，在旁观者眼里却是变老的开始。记不清从什么时候起，自己被新警称呼为阿姨了！

　　年终参加退休老同志年会，好多白发苍苍的老前辈都回来了。我坐在最后排服务，不禁有些感慨，他们也曾经年轻蓬勃，意气风发，有些在我刚参加工作时，正处盛年，如今也老态毕现，谁也抵挡不住时间的洪流啊。他们的现在就是我们的将来。

　　原来的公安局大院，真正的新华中路108号位置，现在已经变成了新的更加人声鼎沸的商业街，面目全改，再也没有了原来的影子。每每路过，总想起从前坐在那座老式灰色建筑里，夜晚的市声隐隐，如高山松涛入耳的日子。

　　不管世事怎样变迁，新华中路108号，是自己的在城市生存的"基地"，是成年后体现人生价值的地方，也是我们实现人生理想的良好平台。

　　感恩这个盛放我们大半生的地方。

警　号

　　公安民警的警号是按照一定的地域顺序排列，或许只是六个涵盖了地理位置的数字的随机组合，却伴随着民警的澎湃岁月。六个数字的排列组合，代表千万个不同的面庞。一串数字就是一道坚定的信念，一个警号就是一道无声的承诺。数字变换，面孔流转，各地方言次第登场，不变的是为民服务的宗旨和理念。警号和域名对称地居于警服左右胸前。每一串数字下，都是一颗跳动的心脏。这小小的一串数字，像一枚小小的坐标，坐落在民警心脏的位置，它天天谛听民警心跳的声音。它和心脏一起，经历过多少次没有硝烟的战斗场景，它看到多少时间的残骸消逝，多少次无意义的争执冲突最后化解。它是民警时间的见证者，是故事现场的亲历者。它身上有多少光芒，就会有多少惊险；有多少荣誉，就有多少心血。它是附在民警心脏外边的一层天地良心，是承接黎民百姓期望的民心所向。

　　一串数字，就是一个密码，可以解开心结，打开疑惑，探知真相，扶正祛邪。警号也是有温度的。一些冰冷，需要温度化解。一些过热的表情，需要及时降温。我所了解的就有这样的民警。他们是社区民警，就是化解矛盾纠纷，信息调查警务人员。他们身上，这些如春风化雨般的温暖，使警号有了温度。激烈紧张的冲突最终冷静和解，得益于警察的降温调解工作。数字时代，警号具有名片功能。它和老板、大款的名片差异巨大。大款的名片可以罗列头衔、财富。警号只是单纯的数字，既没有官衔也无财富。警号孑然一身，只会发出铁质的光芒，不会穿金戴银，不附带官衔和财富。一个警察只有一个警号，就相当于该警察的"身份证"，有了"身份证"才能执法。一般情况下，一个警号会跟随一名警察直至退休，伴随着警察生涯的始终。

所以，警号是一个警察终身的"数字役"，这一串排列有序的阿拉伯数字，穿过警笛的声音，民众的信任，歹徒的挑衅，鲜血的洗礼，在负重的警服上闪耀光芒。胸前的一抹亮色，是刺向罪恶的闪电，是执着于真相的明灯，是守护一方的平安符。

警号涵盖民警一生的激情和梦想。现实的砥砺，梦想的蜕变，在数字中交错辉映。一个个警号，就是一句句青春的誓言。张扬的情怀，励志的预言，一串数字下无声承诺。

警察的一生就是与警号纠缠的一生，数字带来的烦恼和欣慰相伴，从不言悔的人生。

警械记——手铐

手铐的存在，让人直观地感知了行动的自由。从眼睛到心底，铁的坚硬，会掀起带铐人的战栗。亮眼的光，恍如一道刺眼的闪电。

年少时看电影《戴手铐的旅客》，被那些革命的英雄主义激励，手铐的意义不甚了了，某种程度上还有好奇和向往，那是因为它是和革命者联系在一起的。斯时，英雄主义情结压倒一切。

如今，不带偏见审视手铐这一警用的器械，看它在现实中应用的变迁，也有管中窥豹的意味，仁者见仁，智者见智，聊作一笑。

实际工作中，已很少使用手铐。早些时用来约束酒醉的狂躁症，现在已改用专业的约束带。作为一种约束工具，它的有效性已得到众多警察战友的实践检验。用来带嫌疑人，可以防止逃跑自杀自残等危险行为的发生，对于嫌疑人无疑是一种保护措施，同时也保护了执法的警察自己。

早些年，也曾发生过嫌疑人戴着手铐逃跑的情况，看守者的疏忽大意，造成了脱逃，有的警察还因此受到处分，可见，手铐的约束力到底是有限的。或许，与手铐的设计简单有关，开锁简单。或许，这些漏网的还是大鱼，要不，也不会冒险逃跑。

脚镣和手铐应该算是一对孪生兄弟。只不过相对于手铐的精致，脚镣要笨重粗大得多了。对于行走的约束力更甚。似乎脚镣只用于死刑犯。二十年前看过即将执行枪决的犯人在被提出牢房时，戴脚镣行走的样子，只好在狱警的搀扶下，蹒跚而行。人间纵有千般的不好，临死的犯人还是充满了对生的留恋。也有脸上强装镇定的，却难掩饰手脚的颤抖，手铐和脚镣不会撒谎。

有另一种金属的腕带，其实就是女人的手镯，往往是金质或银质，闪耀的光芒盖过手铐，在实质上却有天壤之别。这里的金属链条是自愿入套的，神情上是得意的，心理上是幸福的。女人的一生，自愿被金银制作的审美链条束缚，用者乐此不疲。

小时候第一次在现实中见到戴手铐的人是老家的杨老大，是为非法倒卖文物获罪。传说故事是这样的，赵集水库修建时，靠的主要是人力，杨老大按时参加义务劳动，挖土时挖出个石头疙瘩，杨老大把它带回了家，看它上边有个拴绳的小孔，就用一个小绳子牵着，让儿子在地上拉着玩。有一天，货郎进村，杨老大拿来石头疙瘩给货郎，想让见多识广的货郎看看它到底是什么东西。货郎一见之下，大惊，说这是个国家印，卖给我，给你十块钱吧。杨老大一听说是个国家印，不卖了。原来他想既然是国家印，肯定不会只值十块钱。后来，文物贩子闻风而来。再后来，就是我看到的场景，杨老大戴着手铐，在几个公安人员的押送下，指认位置。我们一群小孩跟在后面看稀奇。后来，知道国家印学名玉玺，皇帝用的印鉴。

这个杨老大是典型的无知犯罪。原以为戴手铐者大都是面目狰狞，谁知道这样的绵羊般的老农也会戴上手铐呢！

相对于古代的枷锁，手铐是相当的人道了。传统的折子戏里常有戴枷锁的主角，舞台上的代表人物，男的林冲，女的苏三，都是把双手和脖子固定在一起的。长路漫漫，肯定磨得皮肉鲜血淋淋，难受的程度可想而知。小时候，老家的四爷把手铐戏称为"银镯子"，常常告诫村里那几个吊儿郎当的青年：不学好，小心公安局给你们带上银镯子。这样的告诫无法阻挡青年人的冲动，依然有一些人被戴上了"银镯子"，成为村庄里少年们的反面活教材。多少年以后，世事流转，曾经戴过"银镯子"的污点青年因社会风气变化，改邪归正，奋发图强，抓住机会发家致富后成了当地的青年楷模。

　　不管怎样，这样的"银镯子"，还是不戴也罢。

警械记——手枪

　　和平年代，象征大于威严，手枪更多是一种象征意义。内部矛盾，大多的是生活中的鸡毛蒜皮，手枪的光芒微弱，有时只用来照亮迷路群众回家的路。

　　手枪是战争年代的硬道理，不用说话的威严，或威胁，全在那一块冷硬的光芒。通常，枪口指向处，有瑟瑟发抖的躯体，不甚流畅的答话。手枪的光芒掠过，血迹凝固。

　　童年时代，对于手枪的崇拜源于电影的经验。那时，手枪握在正义者手里，惩恶扬善，枪法准，姿势漂亮，手枪们的现身，换得荧幕下一片欢呼之声。领袖说过，枪杆子里面出政权。道具手枪俨然成了正义的化身。

　　也看过滥杀的枪口下，百姓的鲜血，悲愤涌过，荧屏下欷歔四起。

　　相对于冷兵器时代，枪的杀伤力更强，近身肉搏有更多的体力蛮力，双方的比拼简单明了，胜负靠实力，貌似公平。枪的出现使搏击拉开了距离，这也是机械时代的创举——伤害可以隔着距离。警校时上射击课，先学了半学期的理论及拆卸手枪，那是54手枪，单手举起沉甸甸的，累。后来，终于等到了实践课，空枪瞄准还是练了好长时间。用枪的谨慎可见一斑。真正的实弹射击机会很少，纸上谈兵居多，所以枪法暧昧。再后来是上班以后的事了，我居然幸运地参加了几次射击专业培训，与时俱进，用的是64手枪，比54手枪轻巧，用着相当顺手，我的枪法大大长进。

在靶场打靶，安全措施很严格。枪口指向，瞄准射击时正对前方目标，间歇时一定要是右手紧握置右肩，枪口向上向外45度角，保护自己也保护别人。枪口绝对不允许对人，即使是空枪状态。这是要养成良好的用枪习惯，以免造成意外伤害。

刚上班时，经常看到办案的老同志带着手枪，行事谨慎。后来随着爆出的内部涉枪案件，因噎废食，干脆没人愿意带手枪了。后来就是民警的血肉之躯制止暴力，出警受伤害越来越多，越来越严重。再后来暴恐案发生，呼吁合理使用手枪的声音四起。

现在又开始提倡带手枪。基层发放的64式或77式，甚至还有左轮手枪。面对凶徒，民警出警终于能杜绝使用临时的"警砖""警锨"等莫名其妙的自保工具了。

随着法律的完善，死刑复核收归最高法。程序复杂，时间延长。也注意保护隐私。不像早些年，公开枪决犯人，看热闹的人多，简直就是一场盛会。在警校听一个老师说被枪毙犯人的家属还须承担子弹钱，当时感觉对于家属来说未免太残酷。现在大多采取注射死刑，不公开，据专家说这样更好地保护了犯人的隐私。再也没有了一年一度的法场警示会了，专家评论这是文明的进步。

生活中还有另一种枪，这是一种形而上的"枪"，与警械无关，倒是和防御有关，叫"黑枪"，所谓的明枪暗箭。更多的"黑枪"防不胜防，这"黑枪"指的是背后的陷害或者说流言。有时候人心甚于冷枪啊。多少人倒下了还不知道子弹来自哪里。都说政治斗争残酷，那是对大人物而言，我等草民只关心自己的粮食和温暖，最多被流言蜚语的碎片击中，不至于造成致命伤害。

紧致精巧的手枪，小粒沉实的子弹，经由手枪口而出的巨大杀伤力，使人面对黑洞洞的枪口不由自主地紧张。因为了解，所以害怕。

　　也有不知厉害的主儿，在枪上犯下不可补救的错误，后果足以用生命忏悔。有无形的哭泣，穿越时空，在风中低语：看吧，这是最后的故乡。

为胜利所点赞

周日下午，带着老母亲到河边公园晒太阳。

妈的听力有障碍，视力也很差，与事务的接触范围极其有限，所以她和现实是隔着一层距离的，只能活在她的记忆里。陪着她，也就是听她讲话，无论讲得明不明白，都由着她。只是要寸步不离地跟着她，怕她走失。

想起上次，去年冬天姐把她送到公园后，着急去玩一会儿麻将。坐一阵子无聊，妈自信离家近，自己能回家，结果走反了方向，迷路了。刚好她的低血糖犯了，她难受地躺到了地上。幸好热心的路人拨打了110报警，胜利派出所快速处警，并联系到了我。说到这里，真该感谢胜利派出所处警人员。作为一个110接处警人员，平时没感觉自己的工作有多高尚多感动人，真正经历过受益过后，才能从内心对警察点赞，真的。

就说说当时的情景吧。（据我老妈的不完全回忆，有的地方不一定准确，请见谅！）

话说我妈躺在路边，热心路人报警之后，胜利派出所火速赶到了现场。处警的小伙子把我妈扶着坐起来，耐心询问。先是一个小伙子说老太太你家是哪里的？我们开车送你回家。我妈说我家是赵集的（她没说出她就住在城里公园旁边）。我妈说你们开车送我回家，我出来身上没带钱，没钱给你们车费。我妈其实当时不知道他们是警察，她看不清警服，也不认识警服，还以为是骗子想骗她钱哩！处警的小伙子说我们不要钱，免费送你回家。我妈精明地想：天底下哪有这样的好事，赔工夫赔汽油钱送一个没用的老太太回家。就低下头不理处警人员了。这小伙子就再问她：你有儿子闺女没有？她说有好几个。就把哥姐全报出来了，就是不说出我这个最小的闺女名字单位。结果处警人员还是不认识，无法联系。这个小伙子没办法了，哄她说：我就是你小儿子，你起来，我送你回家吧。哪知道我妈心里明白说：你不是我小儿，我小儿在大连。穿帮了，我妈不信任他了。另一个处警的小伙子过来哄她说：我是你孙娃，咱们回家，坐车吧。我妈一听这根本不是她孙娃，冒充的，更不信任了。

处警人员正在想办法时，我妈突然告诉他们：我还有个小闺女在公安局上班。他们赶紧问名字，幸亏我妈记得我的名，报了出来。胜利所的处警人员手机联系到了我，第一句话是：你好！我是胜利派出所的。闫书文是不是你亲属？我一听，马上笑着问：是不是有人捡到一个妈？

我联系附近的外甥，外甥快速赶到现场，喊了一声："外婆"。我妈立即抬起头说：这才是我外孙。围观的人都笑起来：原来她不糊涂。

胜利所的处警人员在确定了亲属关系后，才放心离开。

后来我问她：为啥不给警察报出我的名？她说自己迷路了，连家都回不去，怕给我丢脸。听着是不是挺好笑？反正我都笑了又笑。

想想警察处警太不容易了！什么样奇葩的警情都会遇到。为了解决问题也是想尽了办法，有时不惜"冒充"一下儿子孙子，当然是善意的。作为被帮助的群众，确实很感动。

这次闲聊时想到了她上次的走失，就问我妈：警察好不好？她说：警察真是好啊，对老年人真好。

　　说到了年龄问题。我说我也快老了，四十好几了。我妈很吃惊地盯着我看一会儿，用手摸摸我的脸，不相信地说：你可四十多了？我笑笑：你感觉我现在有多大？妈小声地带着点怀疑说：我想着你也就是二三十岁。然后一直盯着我的脸看。有那么一刻，我的眼泪快流出来了。也许在一个母亲眼里，她的孩子永远不会老，永远年轻。

　　时光时光催人老啊！

　　"老吾老以及人之老，幼吾幼以及人之幼"，传统的礼教仁义日趋淡薄。这个社会如果没有了警察会成什么样？有谁会无偿付出？自己是个警察，都被胜利派出所的警察感动了，忍不住写一篇小文为他们点赞。

文化路口的"大神"

　　在邓州市区，只要经常从文化路与新华路交叉口经过的人，都会认识这样一位"大神"：这位仁兄三十多岁，中等身高，身材微胖、面带微笑、充满喜感地在那里挥洒自如地指挥交通，有时他甚至穿着一件疑似交警执勤反光背心。远远看去，以为是交警在疏导交通呢！特别是在下班时间，他会及时填补交警执勤的时间空挡，成功地一次又一次指挥了交通。虽然他的指挥乱七八糟的，但行走的路人大都了解他，都是以微笑的表情应对。而他看人的表情，应该是乐在其中。

　　每每经过，总会感叹：这样一位热爱交警指挥工作的哥们可惜了！如果他脑子正常，说不好还会成为我们交警协勤队伍中一员。有一次经过，从他背后走时，他突然向后转过身来，对着我鞠了一躬，用双手做了一个"请"的绅士姿势，同时告知我：慢一点。把我吓了一跳的同时，也觉得好笑。那是个冬天的傍晚，天上飘着雪花，人车流量甚大，已是下班的时间。这哥们不畏寒冷，简直算得上"活雷锋"。我甚至产生过一个恶搞的想法：送他一身不带标志的警服，圆他的警察梦。但终不敢送。

　　他算是个活在自己世界里的人。他的穿着干净体面，语言表达流畅，也没见有什么攻击行为。有同事曾经在德克士快餐店遇到过他。当时他带着自己十来岁的女儿排队购买快餐，很正常的样子，同事也很疑惑。

有一次微信群里发来一段视频，点开一看，原来是这哥们的一段完整舞蹈：小鸡舞。他在万德隆超市服装专柜旁边跳的。估计是专柜的服务人员帮他放音乐，帮着他录下视屏，他随着音乐节奏跳。他跳得很合拍，动作到位，模仿下蛋的动作太逼真了，而且配合着表情。我看了三遍，自己在家笑得脸抽筋。亏了呀！这哥们真是人才，对跳舞无师自通。我们好多正常人动作僵硬，专门学习还学不会呢！

也许，在部分精神病人世界里，也具有英雄情结。还有一次我碰到过一个女精神病人。她五十多岁，模仿唱戏的武将，背上插着三杆自制的红布旗子，腰部裹着一个红布单子，脸上抹了些红油彩。在公园旁边，有三个十几岁的男孩正围住一个同龄的男孩推搡着。刚好这位女精神病人一阵风似的过来了，看到这情景，她马上判定是三个欺负一个，就用唱戏的花腔大喝一声：咦！我是赵子龙！谁叫你们欺负人！那三个小孩被吓得落荒而逃，被推搡的小孩也吓得躲开了。我走过时，这位精神病人正在讲述自己刚才的英雄事迹，被我大大地表扬了一番。

"油菜黄，痴子狂。"每年的春季，有百分之七十的患者在这个季节发病。

在我国，精神病人是一个不可忽略的群体。像文化路口的这位，有可能是轻微的间歇性的，没什么大的社会危害性，只是给自己的家庭造成很大问题，但也几乎是一个家庭的灾难。严重的精神病人，特别是攻击性强的，俗称"武疯子"，潜在的危害甚大。国家的法律对精神病人是免责的。日常的接处警中，经常会遇到与精神病人有关的问题，实际的现场处警也很为难，警察自身要面对"武疯子"的伤害危险不说，法律没有明确规定，怎么处理是个问题。如果没有形成实际的伤害案件，也不能强制治疗。好多精神病人的家属也不敢管理，或者是管不住了，送医院治疗也缺乏持续的资金，因为精神病人大多都有反复发作的特点。于是，只好任其存在或发展，对街坊邻居等居民造成一定的生活影响。

时间都去哪儿了

110 的时间是按秒计的，报警电话铃响三声，110 的接警员必须拿起电话，发出第一声问候。我掐过秒表，三声电话铃响过大致是十秒长的时间。在短短的十秒内拿起电话，首先说明接警员不能离开接警席位。但人有三急，比如刚好要上厕所？那怎么办？一溜小跑、快速来去。按照现状，两个接警席位 1 号和 2 号，一个若离开一会儿，另一个就高度紧张。有的时间段，是交通事故的高发时段，一个电话未落，另一个电话就会响起，三个接警员忙得不亦乐乎。

接警员的基本要求是"五知七会"。五知：知法律法规、地形地貌、警力分布、卡点位置、预案体系；七会：受理报警、准确领会指令要求、指挥调度、调查研究、群众工作、服务协调、设备应用。看了之后，感觉一个接警员很不简单，脑子要分布着一张清晰的邓州地图，必须怀揣那么多的知识，反应要迅速，动作要敏捷。所以，我们的接警员一个个练得：手斥千条路，胸有万壑兵。

接警之后，派警也不是想象的那么简单。特别是城区，接警员首先要熟悉城区各派出所的辖区划分，哪条街、哪道路、哪幢房屋，必须快速准确地认定，地址的准确定位之后，才能马上通知辖区派出所出警。不然，属地不对，派出所出警麻烦，还须移交。对于出生成长在本地的接警员来说，是一件很简单的事。可是对于外地招警迄来的学生就难了，首先是语言关，报警人的地方口音太重，电诉传输后难听清楚，还有一个原因是：报警人往往因为紧张，语无伦次，更增加了接警员的派警难度。其次，哪条路的中间分界线，哪个小区的分界线，作为一个初来乍到的外地人，太不容易分清了！所以，110必须实行老带新、本地人和外地市人交叉排班的原则。快速的要求就是从接警结束到下达指令完毕不得超过三十秒，电话会自动记录时间的哦！

　　警情追踪也是接警员的后续工作。在有限的空闲时刻，抓紧打过去电话问出警人员情况，并及时在电脑上记录。

　　接警、派警、警情追踪，有条不紊地进行，这些都是信息录入的一部分，需当时就同步录入系统的。所以，做一个合格的接警员是不容易的，几乎是眼观六路，耳听八方了。打字要快，说话要清楚快速，记忆不得有误。

　　瞧！她（他）们的时间就是这样过去的，在一串串电话铃音中度过，在和报警人员的耐心沟通中度过，在和处警人员的及时反馈中度过，也在耐心的等待中度过……紧张却充实哦！

　　看了我们的接警人员工作，才真正感受到一线公安工作的辛苦、忙碌。我们可爱的110接警人员个个思路清晰，说话干脆利落，动作敏捷迅速，不拖拉，快接快办。经历过110接警中心的锻炼，我相信她们在将来的漫长公安征程中，可以胜任任何一个岗位。

　　请为我们的接警员点赞！

110 的夜晚

　　110 的夜晚没有繁星，也没有月亮，更没有绿荫树下吹来的清风，指挥大厅里几乎彻夜灯火通明，恍如白昼。夜色下不甚清晰的监控视屏不时闪过各种车和人，隔着屏幕，仿佛能听见马路口的嘈杂。夜幕加深，从视屏里看过去，行人愈益稀少，拥挤的马路显得空旷寥落，偶有一两个行人在路灯的昏黄微光下，像影子一般孤寂虚空。

　　但那是别人的夜晚，110 没有夜色。

　　夜晚在报警密集的时间，会有从酒吧等娱乐场所传来的模糊不清的报警声音，有时还夹杂着骂声，抑或旁观者不怀好意的笑声。没关系，你慢慢来。你的怒气，你的困境，我能理解。隔着电话线，似乎能闻到现场浑浊的烟酒气息，能听到醉生梦死的靡靡之音，那是来自另一个世界的场景，与我们的工作环境迥然有别。世界的多样性在我们耳边掀开一角，我们能看到孔雀开屏后的背影，也就是美丽背后的不堪。

　　我接收所有的报警，并忠实履行自己的职责，快速派警，及时解决问题，同时保留自己的看法。世界各有繁杂，才有了多样的美丽。我支持各种光怪陆离的前卫，但请你遵守社会规则，亲爱，我还是要派警滴！

　　夜色更浓，从指挥大厅的窗口向外望去，远处的原野和村庄淹没在一片漆黑里。近处，只有城市的主干道上亮着昏黄的路灯，拥挤的小区里，某一幢高楼里，偶有模糊的光透过厚重的窗帘，为城市的夜晚添一抹童谣的色彩。

城市像夜色里的孤岛，110所在的指挥大厅像带着明亮的灯塔的孤岛，浮在城市的夜色里。

谁会彻夜不眠？谁会为百姓守候平安？万籁俱寂的夜，疲惫不堪的凌晨，只有警察在守候百姓的平安，默默付出，不计得失。

零点过后，报警电话明显减少，当然啊，骚扰电话也少多了。接警人员总算可以轻松一下了。不过，思想上是不敢放松，要知道，夜色并不能淹没罪恶滴，后半夜的报警，虽然少，可都是真的警情，一旦延误，要追究责任地啦！所以，接警人员依然要精神专注，一丝不苟。

110的夜晚，自然不同于普通人的夜晚，是夜色照临不到的地方，普通人庄一个长梦就穿越了长夜。但是110没有酣睡，没有甜梦，有的是一贯的警惕清醒，一贯的细致认真。110用电话线编织出一方平安的天网，连接了一个个白昼和夜晚。

有110在，不眠者的夜晚不孤单。

"万能"的110

110 在民间妇孺皆知，公益电话序列中，估计是知名度最高的。有事拨打 110，号码简单易记，有求必应答，这源于我广大的公安战线上所有民警的无私付出。"有困难，找警察"几乎成为一句俗语，于是乎，各种各样的报警理由使 110 不堪重负。

简单地梳理一下，有以下几种类型：

真正的有效报警，包括刑事案件；治安案事件；危及人身、财产安全或者社会治安秩序的群体性事件；火警、交通事故警以及其他自然灾害、治安灾害事故等。每一天，110 的铃声中每响一百次，大约只有两次是有效的报警，其余大约九十八次均为骚扰电话。这种情况假如放在一个普通人身上，会把人气疯的。可是我们 110 接警人员已经是百毒不侵，处之泰然，实在是习以为常得麻木了：你怎么办？每一个都较真，哪有那么多的精力？懒得多说了。然而对于上述中真正的有效警情，一经我们的 110 接警人员判定，依据流程处理起来有条不紊。快速、准确、及时派警是我们的一贯工作作风，这一点毫不含糊。

不合理的求助型。110 有接受公民求助的责任，但内容有限制，并非是有求必应，相当一部分的人对 110 的职能有误读，我们需加大在这方面的宣传力度，以正视听。110 接受公民的求助仅限于以下情况：发生溺水、坠楼、自杀等状况，需紧急救助的；

老人、儿童、智障人员、精神病人等走失，需要在一定范围内帮助查找的；涉及水、电、气、热等公共设施出现险情，威胁到公共安全，需先期紧急处理的。在接警的现实中，往往会遇到很奇葩的求助，令人哭笑不得。一次，一个五十多岁的男人，向110报警求助说自己的老婆跟村里另一个男人跑了，没了老婆，要求110给他娶个老婆。我们的接警人员回复他：这属于家庭纠纷，可以找法庭或民政局。这人不依不饶：你们110不是说"有困难找警察"么！我现在太困难了，反正我就是找上了你们，必须给我解决。这人不断地占用电话，纠缠不清，没办法，我们只好把他的电话号码锁定一小段时间，再开锁；再锁定，再开锁。为什么对于这样的电话不能长时间锁定呢？这里边有个很碰巧的"狼来了"的故事。话说有一个男人，在一个醉酒的夜晚，不断拨打110电话进行骚扰，我们只好锁定他的号码。结果在两个小时之后，这家伙在跨上被车撞了一下，车逃逸了。这货只好躺在路边，好在他被撞得清醒了，真的打110求助，因为刚刚骚扰110，号码被110锁定，打不进来了。恰好有路人经过，才打110救了他。还有一个老太太，在一个冬天的大清早，给110打来电话，说她自己不想出门，要求110给她买早餐吃。接警人员也不能马虎，问她儿子在干吗，她说儿子媳妇都在睡觉，不想打扰他们休息，所以想让110给她买饭吃。她把110当作了自家的仆人了，殊不知我们是人民的公仆啊。这样的报警理由真让人哭笑不得。还有春节来临的时候，从来不缺少这样的人：反复拨打110，说别人欠钱不还，要求110帮他们要账，任凭接警人员怎么解释，报警人就是那么认死理，无可奈何啊。

　　精神疾病型的。精神病人大家基本都了解，很多没办法沟通的。奇怪的是，精神病人也知道110，可见110在民间深入人心的程度。精神病人除了语无伦次之外，大多都很"轴"，认定一个死理，就死死咬住；知道了110这个号码，就记得特别清楚，没事了骚扰一番，胡扯一通。有时候说的挺像的，接警人员无法判断真假，按程序派警，等处警单位反馈过来才知道是假警情，是精神病人的臆想猜度。精神类的疾病也包括久病之后性格过度偏执的，这类人也是咬住死理不放松，简直是胡搅蛮缠。工作中曾有一个红斑狼疮晚期患者，不断打来电话报警举报其丈夫吸毒，派出所处境后发现是假警情。深入了解后得知：得病的妻子出于求生欲望，逼着丈夫给她治病，实际上她的病已经到了晚期，无法治疗的地步了。最后110和派出所只好反复地做她的工作，心力俱疲啊。也有怨妇，不管不顾，说着与警情无关的话语，要求110帮她捉奸，惩治"小三"，把对丈夫的怨恨怪罪到110身上。

幼稚，缺乏教育型的。这一类的就是未成年人，5—12岁居多，没事了在家拿着大人的手机拨打110，胡言乱语。不知道是学校的教育不到位呢，还是家长的教育不力！有时候似乎是家长在旁边纵容。对于这样的，我们的办法不多，最多有时挂掉电话后，用另一个外线电话回拨过去，把家长批评几句了事，如果改正了还好，不改正我们继续忍，挂断，挂断，再挂断。放学期间，这样的电话剧增，小学生多啊，也不能全怪学校教育的！家长是孩子的第一任教师，这家长的素质啊！同时也应该反思我们在对公众的宣传问题上是不是不到位？在对学校开展的宣传教育活动中是不是存在不足？这也是我们下一步工作应该加强的地方。

恶意骚扰，蔑视警察的。这种类型有男有女，且都是成年人，说他（她）们没事找抽都不为过。醉酒发疯的是基本类型。这种的以男人居多，时间大多在夜晚。一个人无聊、喝酒，他以为110是免费电话粥，可以随便煲。开始自说自话，被挂掉后不死心，反复考验我们接警人员的耐心，只好锁定他的号码。还有变态的一接通电话就骂人，估计这种是以前自己或家庭成员受过公安上的打击处理，对警察心存怨恨的，曾经拘留过一个，现在好些了。遇到骚情的男女，基本不予理睬，懒得理他（她）们。接警中更遇到过一个女的奇葩：电话接通后只有呻吟，接警人员反复问询，也不说话，坚持呻吟着……这样的行为，怎一个"贱"字了得！

偶有纯情型的，拨打110倾诉对警察形象的滔滔仰慕之情，陈述自己的心路历程，展望自己的理想，描绘着自己心目中的美好，这样的话语虽然悦耳受听，但我们还是要打断的，因为不能为了多听几句美言，就忘了职责所在，任由长时间占线。还有一种纯情型的，是外出务工人员，似乎小有成绩，开阔了眼界，增强了自信。回家后经对比发现了家乡的落后和不足，于是就用半生不熟的普通话拨打110，行使一个赤子的公民权利，发表对政治经济、国情民意的看法见解，这样的纯情，我们也只好带着感动挂断电话。

"万能"的110似乎成了无所不能的超人，招之即来的上帝，能瞬间满足人们千奇百怪的要求。所以，我们110自己人只好感叹：110是个筐，大事小事往里装啊。

参与反暴恐演练

和朋友说起反暴恐演练的紧张有趣，朋友奇怪：反暴恐与你们指挥中心有什么关系？我说你不懂了吧！老土了吧！反暴恐与我们的关系大着呢，我们是指挥中心啊，什么是中心？就是处在关键的位置，中心的位置！呵呵，开个玩笑，大家都明白，指挥中心其实没那么重要滴！

养兵千日，用兵一时。带着几分新奇，指挥中心的同志们一个个精神抖擞，把演练当作实战，在反暴恐指挥长杜局长的直接"导演"下，开始参与了一场紧张有趣的演练。

突然，一阵紧促的电话铃声响起，我们1号接警台训练有素的接警员麻利地拿起电话，开始问询报警事由。报警群众语气紧张，语速较快，情绪激动，诉说看到的暴恐警情：汽车站客运站出口拥挤的人群中，突然冲出2个手持砍刀的"凶徒"（其实是我们的特警队员化妆的，刀是仿真的）我们的接警人员一边安抚报警人不要紧张，清晰陈述警情，一边马上告知3号接警台位置上的带班主任。

带班主任听后，立即启动暴恐警情应急程序，根据事先制定、已经牢记在心中的派警程序，开始派警。我们使用的是对讲机，以手持台为主。首先呼叫第一梯队并简告知案情，巡特警风驰电掣到达现场，进行了现场控制。两分钟后，巡特警用对讲机汇报已经到达现场并成功制服了两名嫌疑人。1号、2号接警台同时向反恐指挥长及值班局长汇报警情。3号接警台的值班主任按照反恐指挥长下达的指令，通知第二出警梯队辖区西关派出所以及最相近的新华派出所赶赴了现场；接着通知第三梯队交警进行道路管制；第四梯队治安、刑警、反恐快速反应。同时，拨打120急救中心电话，到现场对可能出现的人员伤情紧急救助；总之，五分钟之内，所有警种全部到达，现场已经恢复得秩序井然。各警种依次向指挥中心汇报了到达现场情况，我们一一作了记录。

同时，我们把汽车客运站出口的监控视屏调整到最大，一边记录，一边观看现场情况。中心指挥长（值班局长）一边看视屏，一边提出完善意见。

最后，中心指挥长（值班局长）指令：暴恐警情处置完毕，各警务大队恢复原位。于是，指挥中心通过对讲机通知各参战单位恢复原位。参战的警察战友们在现场指挥长的带领下有序离开。

未雨绸缪，防患于未然，是我们的出发点。暴恐警情是新出现的情况，我们在处理应对时，也是新手，也是不断总结经验的过程。不打无准备之仗，因此，必须时刻要有充足的实战意识，演练尤其必要。一旦暴恐警情发生，不至于手忙脚乱。

平时的一般派警，是用录音电话为主，很少用对讲机。这次启用对讲机，简洁快速，指令同步抵达，而且可以群发指令，效果特别好。想想刚开始对着对讲机讲话时，不是那么顺溜，一是对于简洁明了的通信语言缺乏了解，二是紧张所致。本来很简单的一个事，害怕表述不清，反而说的不流畅。幸亏正式演练时表现得很镇定，语言简洁到位许多。

其实，在呼出指令紧张的间隙，我看到同事拿着电台因紧张而微微发抖的手，还是忍不住偷偷笑了一下：太刺激了！就像拍电影。

　　谢谢各位参与演练的同志们，我们合伙"演了一个大片"，虽然我们指挥中心只是其中的小小配角，也很自豪啊！

无处安放的情绪

　　上午上班，安排工作之后，一个年轻的同事突然对我说：怎么办？我这两天心情太差了！每天接收的都是负能量的信息，工作节奏还这么紧，稍一疏忽就怕挨批评。看她眼圈发红，眼泪在打转，如果不是人多，感觉要哭出来了。我赶紧安慰她。其实自己情绪也很差，不过在强忍着。谁不是整天在绷紧着神经！

　　在报警台前，负面信息集中袭来。你想啊，治安、刑事、事故、火灾、群众求助，几乎没有一种警情与美好有关：要么是邻里亲人间鸡毛蒜皮的纠纷事件；要么是口出恶言手脚并用脸上见红的治安事件；要么是偷盗抢劫杀人骗奸的刑事案件；要么是伤筋动骨血肉模糊的交通事故；要么是意外落水不幸溺亡的少年儿童……

　　报警人的心情一般都是急切的，我们也快速通知相关警种处警了。但是报警人如有不满意的地方，往往也把坏情绪带给了我们，拿我们撒气。一个很轻的交通事故两车相撞，无人员伤亡，报警了，报警人基本也是事故发生者，每一个事故平均要打过来五次催促电话，他们往往把110人员当作了处警人员，埋怨我们：你们还坐着接警不来处理！只好耐心解释啊：我们只是接警人员，事故的处理是交警大队的，正在路上。对方回答：要你们好干啥！

还有一个无效警情：前一段时间，一个从外地打工归来的女人，连连报警说怀疑自己的电话号码被盗，话费被盗了，要求解决。我回复：这个不属于警情，应该到移动公司查询后解决。对方生气了：要你们警察干啥哩！她还是不停止，要求我们给她查询解决。言外之意警察就是万能的，连话费的问题也要解决。

前几天一个晚上8点左右，市内只是打雷闪电，黑云密布，暴雨未至，远处的一个乡镇却下着大雨。我在大厅接警台前坐着，一个报警电话打进来，是个中年女性的声音：你们快来啊，我家里进水了。我问：你哪里？慢慢说。她：我街上的，住在粮管所后边。我问：现在进水到啥程度？水多不多？她说：地板砖湿了，水不算多，我害怕一会儿进多了咋办？我说你先把你家的电源切断，关上门窗，先自己排水。按说你这个不属于有效警情，我们接受的求助涉及水、电、气、热等，只有公共设施出现险情，威胁到公共安全的，需先期紧急处理的，才算是有效警情。你这个可以自行解决的。

挂了电话，我犹豫一下要不要派警。她的电话又打进来了："有困难，找警察。你们为啥不给我解决！"我平静回答："警察有警察的要解决的事，不是这样的事。"她恶狠狠地："反正我给你们说了啊！你看着办！"呵呵，群众在赤裸裸的"威胁"警察啊。最后还是不放心，派了派出所。民警反馈：没啥事，地板湿了。

有时也同情我们的处警民警，都是凡胎肉身。警力也不可以被这样浪费掉，另一个我感觉有的群众太过分了。

暑假期间，意外落水溺亡是个问题，特别是未成年的孩子溺亡让人心情抑郁。一个孩子就是一个家庭的未来，孩子溺亡简直就是天塌下来的感觉。那么小的生命，还没经历过人生，心疼无奈啊。

还好，有这样的情绪说明我们不麻木，说明我们对群众还有感情。如果有一天麻木到神情冷漠、推诿呵斥的时候，是真的不适合这个工作了。

　　好吧，说出自己的坏情绪，算是一个排解的出口。指挥中心的全体同志，共勉吧！我们是接处警链条的最初一环，要坚持，要忍耐，这是一种磨炼，是优秀警察的必须。

群众的鸡毛蒜皮

有一次下班刚到家，一个外地号码打通我手机：你是张简吗？对方用了不太标准的普通话。我答：是，你有啥事？他说：我在外地打工，我老家邓州的。有个事向你反映一下。我家邻居今天又在我家房子前倒垃圾。我们家房子没住人。邻居说我们房子盖的时候占用了她家的宅基地，所以要倒垃圾，说是在她自己的宅子上倒垃圾。我报110了，你们不派警。

我说：你这个根本上是宅基地纠纷问题，民事的，应该通过法庭解决，本来就不是公安上的事。

他说：法庭已经判决过了，对方把以前的垃圾弄走了。但是今天邻居又在我房前倒了一次垃圾。

我问：你家有院子吗？

他答：没有。都是沿着路盖起来的。

我说：你咋看到了，谁告诉你哩？

他说：另一个邻居看到的，电话告诉我的。

我叹息一声："还真有不怕事大的！给你报信的邻居没有安好心吧？故意挑拨是非。你自己想想，为这一点垃圾生气合算吗？非要闹到头破血流吗？况且又不是亲眼所见。住在路边，说不定一阵大风刮过，垃圾啥都没有了。"

他说："那我已经报警了，你让派出所去看看，找对方，说他们。"

我直接拒绝:"这个不能派警,不属于警情。你找你们的村民委员会吧,应该发挥村委调解邻里纠纷的作用。"

后来这个人往省厅投诉,省厅问了情况后没说什么。

麦苗青青的四月,指挥中心接到一个奇葩报警:快来啊,有羊在吃麦苗。中心人员回复:你撵走羊就行了。她说:不行啊,不是我家的羊。中心人员:麦苗是你的?她:不是。中心人员批评她:没事看羊吃麦苗,你是不是太闲极无聊了?能不能学学雷锋撵走羊?保护一下农民的麦苗?

她嘿嘿一笑,挂了电话。

一次,指挥中心接警员高洁正在值班,一男子打来电话报警:手机丢了。高洁马上指派城区一个派出所处警,并交代报警人保持电话畅通,派出所会联系他。

可是,十分钟之后,这个男子又打来了电话,有道歉的意思:对不起,我手机没丢,我们三个人在斗地主玩哩,我输了,他们两人非让我报警说是丢了手机。

估计是派出所处警,先和他电话联系,马上赶到现场开始问询详细情况,他有点害怕了,这才打来电话道歉。

城区还有一个醉酒男人,指挥中心接警员在一起开会讨论时感觉应该是同一个人。这个人晚上酒醉后总是报警:找不到家了。最后由辖区派出所处警给他送回了家。估计这是个醉鬼的阳谋,那也只好辛苦我们的处警人员了,谁让我们的110这么深入人心呢!深得群众的信赖呢!

有人报警自家的宠物狗丢了,要求110给找回来。我们当然是拒绝,又不是人丢了。让警察给她家找狗,公权力被如此使用,警力被如此践踏浪费,是不是很可笑?

一天早上，接到上级领导转发的短信，内容是一个报警人投诉，说自己打了五次110电话我们故意不接。我马上赶到指挥大厅，把对方的报警电话输入接处警系统查询，根本就没见这个人的电话打入。我电话接通这个男的：你举报说你拨打110电话五次没有人接，我查询后根本没见你的号码打入，电脑系统不会说谎，到底谁在说谎？

这个人无法解释，转而说要报警。我说那就开始报警吧。他顿了一会儿，说早晨起来发现电动车丢了，现在又找到了。听你的声音就很熟悉，估计一见我你都会认识我的。看他那个自以为名人洋洋得意的语气，我马上说：电动车没丢是最好的结果，再见！

曾经有小朋友拨打110报警：橡皮丢了，想让警察叔叔找回来。我们只好哄她：让妈妈帮她找找，找不到了妈妈再买一个。警察叔叔太忙了，正在抓坏人哩，顾不上找橡皮。

"富婆重金求子"是一个比较"古老"的骗局了，现在依然有男人梦想发这个财。有人先打110电话问是不是真的，我们正颜告之：假的，是骗局。然后，这个人还是想要上当。他按照小广告的联系方法，交给别人三千元之后，约定到邓州宾馆扑了个空，才意识到被骗。然后又在网上找网警报案，接着又被网上假冒的网警骗了两千元，最终又拨打了110报警，并向亲人般的110接警员倾诉了一腔辛酸。

群众利益无小事，我们的群众可真也没把自己的利益看作小事，甚至把一些鸡毛蒜皮的非警务警情当作了比天还大的事。

在110时间久了，接警员会变得越来越没有脾气，遇到饶舌的，几乎就秒变街道大妈，陷入鸡毛蒜皮的琐事。

蓬勃的朝气

指挥中心人员以年轻人居多，平均年龄二十八岁，而且是女多男少，被戏称为阴盛阳衰。在周一指挥中心的例会上，我一再强调，我们要关心爱护指挥中心的少数派，即仅有的四个男同事，支持他们学习考试。今年7月有一个刚刚考到市内公务员，剩余的三个中有两个进入了公务员的面试环节，说明我们的几个男士是有实力的，素质当然杠杠的！这样男少女多的劣势偶然一次才发现，那是局里后勤要求到一楼搬运铁皮柜，发现男士歇班，只好挑了四个长得结实的女汉子下去搬柜子。

最热闹的时间是运动会时期。女孩子们踊跃参加。拔河是一项集体运动，我们的女孩子足以组成一个小队，但因为值班、歇班、夜班的情况，人员凑不齐，于是和机关别的单位一起组成了机关女子代表队，在我们共同努力下，机关女子拔河队连续两年夺得冠军，有玻璃奖杯为证哦！

拔河比赛那天，局办公楼前人山人海、果真是红旗招展、锣鼓喧天。机关人员倾力出动，能参加的参加，不能参加的都是啦啦队员，各自手里拿着助威的旗子、锣鼓，红光满面、喜气洋洋。拔河的道具——一条粗粗的麻绳摆在划过界限的地面上，两边的队员已站好了队形。我局的资深裁判员老谢的预备哨子吹响，绳子被队员从地上拿起绷紧，两边已开始进入发力状态，做了记号的绳子中间位置处于稳定的中心，不偏不倚。只听一声响亮的哨音，马上进入了白热化状态：两边的队员各自用了全力，伴随着两边啦啦队高亢的加油声，绳子的中心开始慢慢偏移，随着我方的持续加力，绳子中心最终偏移机关队一方，我们赢了！虽然最终我们一串队员摔倒在地，但那是幸福的摔倒，胜利的摔倒！

女子 800 米中长跑，指挥中心的女孩冯倩得了冠军。这不奇怪，实力队员啊，腿长个高身轻如燕迅捷如风。

还有两人一起的绑腿赛，就是两个人褪绑在一起，拼的是速度和协调能力。我们的队员又得了奖状。看她们在九楼苦练的情景，就知道一定会获奖的：两个女孩身高相近的组合，特别是两个大高个的组合，把褪绑在一起，快速练习奔走，旁观者指导改进，感觉有鸵鸟的风范，大家笑得前仰后合。

春节联欢会，我们积极参与了，虽然我们的才艺不咋的，但是热情很高，结合我们的工作实际，贡献出了接地气的节目，受到了一致好评。

2016 年春节节目，是一个集音乐舞蹈于一体的情景剧，节目的时间设置在万家团圆的节日晚上，背景当然是 110 指挥大厅，用三个警情即火警、匪警、群众求助作为故事的主线，三个指挥中心的美女接警员充满灵动的街舞、间或接警时严肃紧张的处警对白，呈现出我们日常辛苦紧张却不失有意义的生活场景。

2017 年春节节目，我们是七个女孩的编排的舞蹈。从 1 月 10 号的"110 宣传日"开始决定参与，到正式演出只有半个月的时间，她们刻苦认真练习。九楼的楼道就是她们的练习场地。正式表演舞台上，她们整齐活泼动感热力的舞蹈，虽然算不上专业，也刷新眼球，充满新鲜活力，为晚会带来了阵阵喝彩。

我局网页上，刚刚发布了"喜迎十九大永远跟党走"的职工运动会通知，我指挥中心爱好运动的人员就摩拳擦掌，跃跃欲试，在指挥中心内部微信群里交流运动心得体会，期待这次她们的好成绩啊。

年轻真好！一切皆有可能。和这个年轻的群体朝夕相处，处处能感受他（她）们的乐观、单纯、向上，偶然的小烦恼、小沮丧，很快就被快乐所取代。

留守儿童普法课

指挥中心因为女性居多，工作辛苦，也出了点成绩，每年总是被妇联评为妇女工作先进单位：三八红旗集体。因此，受到妇联部门的重视。同时，指挥中心被定为留守儿童心灵关爱活动先进单位。也因此，到留守儿童集中的乡间小学讲课渐渐成了常态。

夏季的一天，艳阳高照，晴空万里。我带着指挥中心的三位女民警跟随着妇联同志到我们的心灵关爱单位——罗庄乡的林堡小学。来之前，我们已通过妇联了解到，这个小学共有 241 名同学，1—5 年级，五个班级，其中的 186 名孩子都是父母全部在外地打工的留守儿童。我们除了带去适合他们年龄特点的法制常识知识讲座之外，也带去了一点孩子们喜欢的有乐趣的关怀——每人一把彩笔（12 支）。

大太阳照着，天气已经很热了，孩子们依然在校长和老师们的组织下，安静有序地排排坐于校内空地上。而我们的讲桌很简单，一排五个课桌，临时支个小扩音话筒，妇联和我们指挥中心的一行四人就坐在大太阳下。法律课由我主持，讲座主要由中心的三位女民警：刘秀明、冀莎莎、张静波主讲。三个女民警普通话标准，声音动听、形象姣好，选讲内容适合小学生的年龄特点。课程进行过程有和同学们的互动，分别讲了：如何正确拨打 110 报警求助电话、留守儿童如何防范伤害注意自身安全、儿童的交通安全问题，受到孩子们的热烈欢迎。这样的课程肯定比学校的语数课程要新奇活泼一些，所以现场掌声不断。

我原本有点担心，你想啊，这是学校，专门的讲课老师在一边听着，我们是"假充"的临时的老师，这点水平，简直是在鲁班门前耍斧锛。但孩子们的掌声给了我们信心和安慰。看了汗流不止的几个同事女警，悬着的心终于落下来了。

课程结束，开始给同学们发放彩笔。孩子们排着队一个个领取，没有人教他们，基本上每个孩子都说了"谢谢"，有的还敬了个礼。看得出，他们对拿到手的彩笔爱不释手，我们也满心欣慰。

最后一个小男孩，出了点小插曲。这个八岁的小孩长得虎头虎脑，很机灵。但是一直不上台，被他的老师拉着上了台，结果他挣脱转身躲进了教室，再也不出来。一了解，原来这个孩子经历了一次面部烧伤，正处于恢复状态，一眼看上去面部基本没有明显的伤疤，只是褪了一层皮肤，倒是胸口处留了一点伤疤。出于自卑，不愿在陌生人前露面。

第三个环节，是发放普法宣传单子。我们三个只顾着排序给学生们发放，一转眼不见了副主任刘秀明。

当我们找到秀明时，她正在烧伤男孩的身边，流着眼泪和这个男孩谈话，进行心理关爱疏导。我们特意送这个男孩3把彩笔。女人就是心软，烧伤的男孩，看得我们都很心疼，留守儿童尤其让我们揪心，没有爸爸妈妈在身旁，那份胆怯自卑伤心委屈写在脸上，他的眼泪触发了我们母性的柔软，都眼圈发红。

校长走过来，我们要了他的联系号码，准备专门为这个孩子送治疗烧伤的特效药膏。

一路无话，六十公里的路程快速赶回。到单位后，秀明就开始联系医院的亲戚专家，找来了特效药物，第二天和另一个指挥中心女民警明慧一起专程送到了学校，为这个烧伤的小男孩送上一份母亲般的关爱。

又是一个周四，恰逢我局的"一村一警"工作日。还是我们一行四人到刘集镇国语实验学校进行普法课宣讲。这个学校是个私立小学，但是学校的规范管理还是让我们大吃一惊：简直太规范了！几乎是半军事化的样子，宿舍、教室、校内一尘不染，学生个人用品洁净排列，置放整齐有序。学生们都特别有礼貌，见了老师必问好，见了客人敬礼问好。

课程在校内开展。我们坐在台上，开课前国语学校的孩子们先给我们献上了几个精彩的节目，令我们大开眼界。

第一个节目是：十几个孩子身着古装，手拿古书，队形变换着齐声背诵《弟子规》，一时间琅琅书声、抑扬顿挫、风静云平、古色古香，令人一时不知身在何处。

第二个节目是《送红军》。爱国主义教育的形式别致新颖，十多个小男孩、小女孩都穿上缩小版的红军服装，在背景音乐的伴奏下，跳着舒缓优美的舞蹈，讲述一个过去的故事，阐释一种坚定的精神，表现出一个时代的军民深情。

第三个节目是根据课文原创编辑的《王二小》情景剧目。那个故事大家都熟悉，关键是几个小演员的表演太有意思了：饰演英雄王二小的是一个留守儿童，但这个男孩四岁就被送到少林武术学校习武，今年十岁回到家乡的学校上学。也许是角色的定位使然，也许是长时间习武，这男孩的英武之气适合这个角色，总之，这个王二小确实有一份小英雄的大义凛然之感。反之，饰演给鬼子带路的叛徒就比较委屈了。这个相貌机灵的男孩为了角色表现力，尽量使形象猥琐一些，就只好半弯着腰、东倒西歪地走路，手里拿着一把假的"三八盒子"枪，穿着一身不合体的黑色丝绸大衫，头戴一顶"绅士"帽，鼻梁上架着一副无框圆形墨镜，把脸上画的红一块、黑一点的，自我丑化了不少，看得大家开怀大笑。

太精彩了！想不到这些留守的孩子们才艺如此突出，我们深感惊喜。惭愧！我们只是给这些孩子送了一点法制课的关怀，而他们精彩的节目却使我们经受了一次精神洗礼。

任何事物，只要你用心付出，必然有所收获。

我们的法制课程按照计划顺利进行完毕。之后，和这些留守儿童合影，同行的还有邓州电视台《警务时空》栏目组，全程给予录像，回来后编辑了一期专门的《警务时空》。

女生宿舍

女生宿舍无疑应该是充满脂粉气息的。但这是传统的经验，我们的女生宿舍却不是这样。单调、有一点整齐，缺乏女性标志，没有花花绿绿的晾晒衣服，没有各具情趣的摆设小物件。一张木板单人床。一个个格子间相连的高柜子，原木色调，干净整洁。相对于接警台前无处不在无时不在的高清监控，唯有宿舍这地方，尚能保留点私密，各自用一把小锁守住一个个女孩的小小秘密。

在女生宿舍出入，是急匆匆的身影。交接班的时间点将到，从家里赶来的接班人员脚步匆匆地闪身进入宿舍，更换掉便装，穿上整齐的警服，开始进入工作状态。如果下班，换掉衣服，就如放飞的小鸟一样飞出。更换衣服是女生宿舍承担的最大功能，只有小夜班的，才真正住宿，大夜班都在接警台前坐着，哪有睡觉的时间。闷，是一定的，长时间坐在接警台前，除了上厕所可以走动外，基本就是静坐了，这是值班的规范要求，也是一个接警员必备的素质——每临大事有静气。

女生宿舍也有热闹的时间，那是我们的女警带着不满周岁的孩子来上班，往往也带着婆婆一起，有时是歇班的老公一起。女警在接警台前忙碌，必须要有照顾孩子的人啊。有时候尚未断奶的孩子哭闹着找妈妈，看得我心疼，带着孩子上班真不容易啊，特别是在我们这样的岗位上。但是我们必须克服困难，不能因此而耽误了工作。偶然，会有两个女警同一班次，各自带着吃奶的娃娃到单位，宿舍那叫一个热闹。

曾经有一次，一个女警值夜班，孩子小，离不开妈妈，她只好在接警台前打个地铺，把孩子哄睡在那里。结果，刚好省厅督查查岗，发现了这一不规范的值班现象，口头通报批评了这位女警。私底下，我们还在开玩笑：难道这种带娃坚守岗位的精神不应该受到表扬吗？难道宣传上不应该发掘一下这种典型吗？玩笑归玩笑，我们还是要遵守规章制度滴！带娃到接警台前是不对的，值班就应该有个值班的样子。拖儿带女那是家庭妇女的标配，我们算是"蓝领"，不得这样的。

偶尔，也有下班的女警在宿舍短暂地休息。这里是九楼，办公大楼的顶层，无其他科室，"人迹罕至"的地方，安静、空阔，适合修身养性。女警们在这里修炼"内功"，已经达到了面对警情处变不惊的地步。

女生宿舍，有时也像是一个"过路店"，在110服务过的女警刚刚分配来的时候，拿来自己的被褥家当，只把110当作了自己的家。过了三五年之后，单位变动，拿走被褥，告别宿舍。送行的时刻，都有依依不舍之情。

我们的似水流年

流年似水，谁是可以不变迁的人？

回忆起春天，似乎是很远了：院子花园里的草坪开始变得嫩黄，树木开始长出新芽，这是站在楼上唯一可以看见的隐隐绿色。被城市的高楼遮蔽，视野狭窄。如果不是渐渐变暖的煦风吹拂，风里有青草，有花香的气息，寓居在钢筋水泥的城市森林中，是感受不到春天的讯息的。

倏忽进入炎热的夏季。今年的夏季特别热，天天大太阳照着，天天盼着下雨，却干旱着。进入秋季，没完没了地下雨，秋收不成，冬麦也没法耕种，出行也难受，秋季是如此漫长难熬，还不如硬气的冬天快来，大雪漫天的景色多美啊！

秋天，是最适合感怀的季节。青色未退，而失却了水分的叶子渐渐变黄，如果不是秋雨绵绵的浸润，更多的是微凉的干燥秋风吹过，树叶凋零翻卷，成为秋天的经典镜头。正应了《西厢记》里的美词：下西风黄叶纷飞，染寒烟衰草凄迷。只这两句，便将人的惆怅之意渲染出来了。

在九楼，隔窗远望，辽远空阔的天空几乎没什么变化，但是时间却在流逝，去年和今年是不一样的。算一算自己到指挥中心工作，转眼间已是第三个年头了。且不说自己的变化，单是这些很年轻的小同事们，短时间内也在不经意地变化着：先是两个女孩调走到其他科室了，接着结婚了；两个男孩也结婚了；再有三个女孩结婚了，第二年两个女孩抱着各自的娃娃来上班了；一个协警男孩考取公务员了……也有新进入的，在老接警员的传、帮、带之下，马上熟悉了业务，可以独当一面了。

在年轻人看来，三年两年没什么，一晃就过去了，青春的笑颜，仿佛有过不完的岁月。但是四十岁以后就会产生青春短促的危机感。更多的时候看着她们，不禁会回味起自己年轻的时光，也会产生年轻的心态，没事了大家说笑一阵子，把那些小的不愉快的事儿忘在脑后，情绪都挺乐观的。

在指挥中心工作时间最长的女警已经有十五年了。想一想，十五年的坚守真不容易。最初的接警系统不够完善，电话也没有实行实名制，骚扰电话最令人头疼，几乎无法制约。时间长了，接警员产生幻觉，自述在家睡觉时，半夜经常醒来，梦中似乎是电话铃声响了，立即起来接电话，职业病啊。另外，昼夜颠倒的作息时间，原来曾有接警员因此患上了神经衰弱，调换了岗位。

最开心的时间是一起"抢饭"吃。现在实行自助餐，灶上的伙食大大地改善了，所以，吃饭的人多了。每到开饭的时间点，往往都没菜了，原来人们提前就去了。我们也只好变得积极些，提前排队，快速打饭，因为台上还有两个人坐着接警，须我们打了饭给端上来。夏季还好，一旦到冬天，必须用保温桶带上楼来。

循环往复的岁月，日复一日的接处警，大同小异的警情，很容易把人磨得钝感，对工作没什么新鲜感觉了。但是职责决定了我们必须认真，保持着热情。

一年的时间又快过去了。犹记得去年佳节岁末，欢庆的氛围日益浓厚，街上渐渐变得热闹起来。看人看脸，看喜气洋洋的表情。好多时候我们出门解闷不是看风景，是看熙熙攘攘的人群。

只有拥挤的人气，才能实在地感受到人间的烟火喜乐。

我们的工作不就是这人间烟火的守护者吗？平凡而琐碎，渺小而不可或缺。

第三辑

停驻时光

从前时光慢

从前慢啊，从前草木深。从前的路是灰土路，有草木支离铺垫，有落地生根的草木在脚下岁岁枯荣，年光相时而明媚，生命应天时而翠微。从前的车子用牛车，沉默的老牛拉动一路吱扭作响的车辖辘，装满粮食和稻草的日子也一样缓慢。

从前慢，从前的雨水多，淅淅沥沥的雨天适合读书啊。从前的晴天晒霉变，适合耕地，也适合晒心情。晚霞里村落的炊烟淡直，铁锅里慢火煮着的米粥香浓。从前慢。从前的房屋就是家啊，漫长到可以盛放的一个人的一生。出生，成长，婚嫁，衰老。从前的房前屋后都是草木，青砖蓝瓦，与天地同色，可以守候得天长地久。从前的青布蓝衫是一机一杼、一针一线做出来的，穿在身上有手的温暖。从前慢。从前的婚姻要定娃娃亲，一生不够长，只够爱一个人。从前的爱不是太早，是怕来不及，是怕那说长就长，说短就短的一生。从前的路太长，所以从前的爱要从少年时出发。从前的爱只需笔墨为证，婚书为凭，一封纸信为约，终身安稳，直待静好时光，连理共结。

从前慢啊，从前的青春也是华丽丽的，只是不会展示给别人看。那些华丽只给了有情的人。我们看到的只在舞台上甩水袖的丽人，一颦一笑，娇俏惊艳。那小生也端地是好看，因为年华正好。从前慢，从前的衰老也真实。女人秀发盘起，那青丝缕缕花白，那脂粉日益脱色，笑颜里皱纹溢出。

从前的家庭长幼有序，进出有礼。拱手相让，垂手而立，庭堂舍下，相敬如宾。那时候风清气平，心神安定。从前的时间就是这样慢，眼前的景色只有四季轮回，眼前的人只有亲人。

从前慢，从前的金银有重量，从前的友情有尺度。金银是用秤称过的，友情也在心里秤过了重，那秤砣是铁的，不掺假的实，沉甸甸的重。从前的承诺重似千金，从前的诤言掷地有声，仿佛金子落地的金石之音，那个成语"一诺千金"就是这样来的。

从前的分离和重逢都是慢的，从前的相见和离别都是用脚步丈量，那情怀也是一步步蓄积的。从前的眼泪不轻弹，弹出的都是真情。

从前慢。这三个字自有一种感动，那些慢慢消失的时光，逝去的年华，晃动着的旧物，令人有天长地久的感念。因为慢，拉长了过程，我们有足够的时间看一朵花开放，一片叶子飘落，一株植物的生长结果，一棵草木的枯萎。从前有时间倾听草木的呼吸，顺便啊，就拥有了草木之心。

老家的穿堂风

　　四岁的时候，我家盖的房子，一直住到了现在。如今在新农村楼房林立的村子里，自然显得非常破旧。唯一的记忆是一个下雨天，我正在顺着四奶奶家的北屋屋檐下走路，屋檐滴着水，檐外是泥泞。中间的一条六米的甬路，对面称为南屋的地方就是正在忙乱盖房子的场地。这是我对于老房子最初的记忆，之前的更老的房子一点没有印象了。

　　由于宅基地狭小，五间房子围成一个紧促的院子。堂屋只能是两间组成，一间内卧室，一间就是平时待客、喝茶、吃饭的客厅了，有别于农村三间堂屋的传统。老房子采光不好，屋子里光线暗淡，夏天闷热不堪。

　　父亲在一个初夏的日子里，决定要在堂屋的后墙角处开一扇窗子，和前门形成空气对流，也增加屋子里的亮度。记得当时遭到奶奶和母亲的反对，理由是：没见过这样开窗子的，穿堂风不好。至于为啥不好，却说不出理由。后窗在父亲的操办下还是打开了，屋里顿时亮堂起来。

　　父亲对他的开窗举动相当满意，回家后常常坐在堂屋的高椅子上抽着烟，侧身的大桌子上满着一小茶碗浓茶。他一个人抽烟，喝茶，沉默。缭绕在屋子里的淡淡的烟草苦香味随着穿堂风飘散了。

有一次他微笑着过问我的学习情况，写出"贿赂"二字问我认识吗？我自然不认识。他教我正确的读音，并给我讲述经济形势。我不懂得。我的任务是为他到合作社买烟。他抽烟比较多，对他的健康损害较大。

　　堂屋里地坪凸凹不平，父亲决定改造。记得半湿的灰土压平之后，大哥把一根粗麻绳放在地上，用锤子砸下痕迹，把房间地坪介成一个个方块状，类似现在的地板砖，看着很是别具匠心。

　　此后，夏季的穿堂风就来来去去不停。深秋时分，后窗蒙上一层透光隔风的塑料薄膜挡寒，直到次年的春暖，才揭开。

　　隔上几天，父亲骑着他的宝贝自行车从街上下班回家，总会从自行车大梁上绑着的帆布兜里，掏出十个糖块，让我自己只留下两个，其余全部交给奶奶。

　　在合作社的柜台前，有时也能遇到我奶奶——她是个爱自夸的老太太，乐观、开朗。她随身有零花钱，是儿子们孝敬的。营业员也知道她的性格，一看她来了，买了东西后，有意识夸她，奶奶就开始了滔滔不绝的话题。直到吃饭时候，奶奶才悠闲地回来。她可真是有福气的老太太。

　　吃饭了，奶奶谈兴未减。堂屋的饭桌上依然传出说笑声，温暖着我们的成长岁月。

　　细碎的日子里，奶奶一天天变得衰弱。午后的时光昏昏欲睡，奶奶侧身躺在床上，拿着一把蒲扇，时断时续地扇一下。她的白发在脑后挽成小小的发髻，却是凌乱的，不再光滑。起身后她坐在堂屋里，夕阳从后窗照进来，她的白发在穿堂风里闪动，如细细的银丝。她又起身，手驻一根黑漆拐杖，慢慢迈过门槛，到院子里坐下。

　　奶奶的那根拐杖是灰灰菜杆做的，听来让人十分惊奇。草本植物，一种野菜，杆子能长到鸡蛋粗细。冬季砍断后，先是请木匠将把手处弯成半圆状，再刷上三遍黑漆。听说是奶奶的弟弟，我舅爷专门给老姐选种的一棵大灰灰菜。奶奶去世后，这根拐杖一直钩挂在堂屋的房梁上。前年回老家，拿下来一看，生了好多虫眼，就请人刷上黑漆，又放置在那里。

年迈的奶奶脊背日渐佝偻。夏季的夜晚，洗澡擦背时，我总要摸着她背上的一个蚕豆大的肉瘊子，问她疼不疼，咋能长恁大。奶奶总是笑着说：背上瘊，顶金楼，背上长瘊子是贵处。我就问：金楼在哪？你住过金楼没有？奶奶就开始给我讲述她最初嫁到我家时的家境。那时虽然没有楼房，但是房子很高大，楼门号称为走马楼门，就是可以骑着马直接进入院子。家里有丫环长工使唤。可惜后来出了四个吸大烟的，渐渐把田地、房子变卖光了，到解放时穷得一天只能吃两顿饭。也好，我家的成分自然是贫农了。说到这里，奶奶就长舒一口气：幸亏你老爷和他三个儿子把家业吸大烟败光了，要不然，划成地主，也够呛了。

八十六岁的奶奶渐渐衰老得神志不清，坐在屋子的穿堂风里，曾经健谈的她形同一截沉默的木头。一个秋天的黄昏，以九十三岁高龄无疾而终。

风雨中的后窗有雨水缥进，揶出的屋檐挡不住，只好临时蒙上遮雨的薄膜。屋子上排排青瓦间响起噼里啪啦的雨声，被阻挡的穿堂风闪身就爬上了屋顶。

盲女说书

　　小时候曾经有一阵子迷恋过说书。记得一个说书的盲女，到我村说书，在我家吃住过几天。盲女已经三十八岁，老姑娘了，跟着自己的叔叔、哥哥学会了说书，农闲时出来说唱，挣点钱粮。

　　堂屋的饭桌上，坐着盲女。我坐在下位，听她和我母亲边吃边聊，穿堂风里，间或传来母亲的一声叹息：盲女的父母双亲也已去世了，勾起了母亲的同情。她坐在那里吃饭，母亲把菜夹进她碗里，她无神的眼珠泛白，独自面对她时，我还是有点害怕这种表情。

　　夜晚来临，盲女早早做好了准备，叔叔拉弦，哥哥打鼓点，她自己手里拿着快板，间杂着奏响。乡村的夜晚寂静，黑暗里只有昏黄的灯光照亮盲女的面庞，她深陷的眼窝，浑浊的眼球，在微光中忽暗忽明。她苍凉的说唱声，在弦音和鼓点的伴奏下，仿佛是乡村的预言，一声声穿透时光。

　　听者仿佛是坐化的石雕，在盲女的说唱声里入定，直到急促的鼓点再次响起，才回过神来。

　　说书是乡村暗夜的火光，一度照亮我们贫瘠的文化生活。

　　夜深了，扛不住睡意的小孩子都被大人送回家了，稀落的场子里更觉空旷。结束了，母亲拉着盲女的手慢慢走回我家。

　　印象中我只有一个夜晚坚持到了最后。其余的都是在盲女的

123

说唱声里睡着，被母亲送回家了。后来对说书渐渐失了兴趣，更喜欢自己阅读纸质的文字，也许是阅读的想象空间更大吧。

小时候村子里来过一个搞木偶表演的。和现在电视上看到的提线木偶不一样。提线木偶，是表演者的手在上方，木偶在下边的舞台上，居高临下地提线操控木偶，同时根据情节配音。他那个是人在下边，把木偶举在上边的高台上表演，同时配音。记得舞台是竹木撑着的大立柜高的样子，四周用幕布围得严严实实，老人在幕布里，木偶穿着传统的戏剧旦角服装，被举着在他头顶的台上动作着，他用苍老的声音和木偶对话。木偶的角色似乎是个女孩，她的声音是老人用哨子吹出来的简单的应答，还须老人音译。人太多，挤得厉害，我人小，啥也看不见，只能远远地站着听声音。

这个有趣的表演，我实在喜欢。可惜只是一个下午，老人就带着他的木偶表演游走四方了，以后再也没有见到过。

再往后，农闲的时候，村里请来了唱戏班子，各家轮流派饭。我很喜欢那些漂亮的扮演小姐的姑娘们，但是我家偏偏分来一个拉弦的老头子吃饭。吃饭的桌子上，老头多话，说我长得很像剧团的扮丫鬟的一个姑娘。北屋四奶奶媳妇，我叫婶子的就开始以小丫鬟称呼来打趣我，也勾起了我的好奇心，专门逃课到后台看看那个小丫鬟化妆前到底长啥样。结果也没看到，还只是看到她化妆后的样子，挺好看的。

堂屋门口，铺成了一块小小的石子水泥台阶。二姐和她要好的同学们放学回来了，一个个跨过台阶进了屋子，叽叽喳喳地。我很喜欢跟在她们后边玩。她们都系着红领巾，有时还拿着红缨枪列队表演过。

有一年夏季，我头上长了好多热毒火疖子。为了治病，涂抹医生调制的外用药，就把我的头发剪得很短。坐在小椅子上，头放在母亲腿上，让她慢慢涂药。头发太丑了，实在是羞于见人。二姐和她的同学放学回来了，听见她们说笑的声音，我挣脱跑进里屋，任我妈再也喊不出来，直到她们散去。

　　门口，燥热的穿堂风吹过。树上有知了单调枯燥的叫声，贯穿了夏天的记忆。

麦子黄时趣事多

麦子疯长时，清凉的湍河水也渐渐变得温热了。那时河水流量大，河面宽阔，清澈无污染，河里的鱼儿也多。

下水叉鱼，是二哥的强项。记得他手拿一柄专门打制的铁叉，两个齿，安装着一杆木质的长手柄，在河水里快速地奔跑叉鱼。叉到鱼后，喊我过去，我的任务是跟着他拎鱼。拎鱼的工具就地取材，从岸边的柳树上随手折下一根分叉树枝，就可以从鱼鳃处穿入，从鱼的嘴巴穿出，拎在手里。随着二哥在浅水里快速奔跑，累得气喘吁吁。

阳光正盛的中午，河水波光粼粼，鱼儿更多了，不时跃出水面，泛起一串浪花。二哥的兴致正高，舍不得回家。我又累又饿，却不得不跟着他拎鱼。

捞虾也是小时候的趣事。我们把虾称呼为麻虾，估计是虾很小的缘故吧。树林边，有一道河水的分流，夏天水涨的时候，与河流连为一体，水消时，成为静止的水洼。绵延几公里的水洼里，丰茂的水草间生长着数不清的小虾。那么多的孩子在捞虾，却总也捞不完。

站在岸边，二哥用绳子拴着小竹筐，用力抛到水里，待小竹筐沉入水里，等待一会儿，就慢慢拉着到岸边提起。一看，活蹦乱跳的麻虾从藏身的水草里捞出来了，赶紧倒进我们携带的小桶里，再继续打捞。晚上到家，将麻虾淘洗干净，放进小锅里炒熟，红红的小麻虾成了最好吃的食物。

麦黄之时，杏子也快成熟了。二哥带着我到一个矮墙边，叮嘱我蹲在一个灌木遮盖的墙根儿，不能动也不要说话，等着他回来。好大一会儿，他回来了，手里拿着一个杏，擦擦皮上的白毛毛，自己先咬一小口，再让我咬一小口，问：好吃不好吃？记得当时我压低声音笑眯眯回答：好吃。其实感觉有点酸涩，不太好吃。听到墙里的主人，那个孤老头子的咳嗽声，二哥拉着我轻手轻脚离开了。似乎是正午，阳光亮晃晃地泄下来。许多年，光线的刺眼曾使我的记忆错位，竟然记成了冬天，地上疑似薄雪一片。

布谷鸟声声催叫中，割麦的时令到了。

大人们磨好了镰刀，准备一大早开始割麦。父亲派给我的任务是上街买三十个鸡蛋，估计是多了怕我拿不动。走之前，母亲专门教给我辨认新鲜鸡蛋和抱鸡娃（孵化）鸡蛋的区别，重点是新鲜鸡蛋的皮是粗糙的，抱过鸡娃的鸡蛋是光滑的，但里边已经晃了，不好吃了。还教我对着光线看鸡蛋里边的样子。我没有经验，还是根本分不清楚二者的区别。

早饭后，就跟着一个叫二奶奶的长辈一起去张村街了。到街上后，二奶奶把我送到鸡蛋聚集市场，就到别的地方买她自己需要的东西去了。听说我要买鸡蛋，一下子围过来几个妇女，争相推销。我也不知道买谁的好。只好选了一个看起来顺眼的妇女问她：你这鸡蛋是不是抱过鸡娃的？她忙说：不是不是，我这是新鲜鸡蛋，最好了。我实在不知道怎样辨别，只好装模作样地看了看，就信了她，买下了她的三十个鸡蛋。中午回家，经我妈一看，几乎都是晃鸡蛋，没几个好的。父亲只是在旁边笑眯眯地说：掏钱买经验呐。

开镰了，割麦了，我买回的晃鸡蛋还是都被我们吃掉了。

故园草木深

　　儿时明月在，故园草木深。借问邻家处，疑是客路人。

　　这是有一次回老家时，打听搬走的老邻居的现居地不得，就装模作样地"口占一绝"，酸得同车人掩口而笑。

　　西边大伯一家很早搬走到老河口定居了，两间旧砖瓦房和一件土灶屋交由我家管理使用。记得最先塌陷的是土灶屋。母亲在厚厚的沃土里种植下几棵杨树，如今已茂密粗壮。两间旧砖瓦房子在摇摇欲坠时，母亲担心房子倒下产生危险，电话和堂哥沟通后，请人把房子拆掉了。原有的宅基地上，夏季雨水丰沛，却荒草及腰。令人怀疑这里曾回荡过多少人响亮的笑声。

　　北屋的四奶奶去世了。她家房子古老陈旧，黑乎乎的，是旧社会留下的老房子，总使我产生恐惧感。从我记事起，她就行动不便，大多的时间躺在床上，半身不遂。母亲经常让我到供销社代为她买皮硝吃，说是可以治病。这种透明的类似于冰糖的块状物，我也曾在买回的路上偷偷尝过，没什么刺激味道，也没有甜味，一点不好吃。她去世后，我更害怕她家了。上学后，晚自习回家时，站在楼门处开锁，总是用手电直直地照着她家的房门，仿佛只有这样才能减轻一些内心的恐惧，尽管她家里一直有人居住。晚上闪身进门后，背着双手快速地把房门关上，才算是放松一点。对她家房屋莫名的恐惧感一直贯穿我的童年和少年。

如今四奶奶家的房子已经坍塌了，萦绕在心头的惧怕感还记忆犹新。老房子的原址上，草木日深。离开故乡这些年，习惯在睡觉时开着弱光灯，还是对黑夜有点说不出的害怕。所以，更多的时候怀念着乡村，却不愿意居住在乡村。也许是小时候听到的鬼神传说太多，乡村的黑让我饱受惊吓。

　　年小时，不仅为四奶奶跑腿买东西，还经常被我家差遣打酱油、买醋、盐、糖等。最让人紧张的一次，是让我同时买酱油和醋。小时候真的分不清"酱"和"醋"，这两个字笔画都稠密，外观难分清。走时，一手拿着醋瓶子，一手拿着酱油瓶子，去往合作社的路上，按照我妈的交代，一路上间断地向右手念一声醋，左手念一声酱油。结果到了柜台前，营业员问我哪个是酱油瓶、哪个是醋瓶，换换手分不清了，傻傻地站着。营业员拿起瓶子鼻子对着一闻，马上判断出来了。我恍然大悟：原来醋和酱油能闻得出来啊，害得我一路上白白紧张！

　　小学一年级的时候，一次买了四个作业本子，结果营业员没看清，给了我五个。走出合作社一段路后，一清点，发现多了一本，马上转身回去退回了一本，得到营业员的表扬，说我学雷锋学得好，还说要给学校反映表扬我。几天过去了，我一直等待着学校的表扬，却不见动静。一段时间之后，又到合作社，我忍不住去问营业员，为什么我们老师一直没有表扬我？你是不是没有告诉学校？营业员却似乎忘了这回事，半天打愣，想不起来了。想来很好笑，小时候自己真是个太过认真的好孩子啊。

　　村里合作社老房子还在，只是早就改做它用了。那里琳琅满目的商品，特别是眼花缭乱的方块糖，引发过小孩子们多少向往。还有烟盒纸，也曾经是我们小时候的收藏品。白河桥烟盒的设计简单大气，但在我们看来却嫌弃它色彩单调。记得那时，父亲经常抽白河桥烟。每次回来给我五毛钱，买两盒烟，剩余的一毛，可以买糖回来。后来渐渐涨价到了两毛五一盒，就没有我的糖块钱了。再后来，白河桥烟渐渐买不到，似乎是停产了。

现在，村子里青壮年大多外出经商或务工，有的干脆久居在城镇，原有的老房子疏于修缮，无人居住，就任由坍塌。固守在村里的，多是留守老人和儿童。稀疏的人烟，散居在渐渐茂盛的草木间，使得老村庄呈现出荒凉之感。

军属光荣之风中往事

记事起，我家就是军属。一块竖写的"军属光荣"的小木牌子订在堂屋门侧显眼的地方。多的时候，有三个牌子并列钉在门边。直到现在，堂屋门口还有两个牌子，尽管字迹褪色、木块朽旧，我家还是珍视着它们，就像珍视我们曾经的荣誉感。

三叔是老军人。从小就觉得军人是一种庄重的身份，代表着自信果断、忠诚勇敢等良好品质。三叔就是那样的形象：仪表端正、言出必行。

三叔是空军军官，所在的部队驻扎与朝鲜隔江相望的丹东市。想象中，大雪漫天的白山黑水间，碧水奔涌的鸭绿江畔，守卫边疆的军人坚定的身影，是北国最美的风景。

因为奶奶在家，叔有机会就回来探视。他身着整齐威严的军装，多年在外说得一口标准的普通话，语速不急不缓，语调平稳坚定，目光炯炯，标准的军人形象。

由于他的影响或引导，亲戚邻居的孩子争相当兵。最多的一次，他到南阳接兵，为邓州争取到一百个兵额，我们大队就去了二十六个。亲戚家的孩子到了当兵的年龄，都想到军队接受锻炼。

二哥就是在叔的动员下到了军队考了军校。那时二哥正上高三，成绩也不错。叔回来接兵，就动员他到部队考军校。他开始不想去，自信在家也能考上大学，经不住叔的动员，答应了。到军队后，二哥以全师第一名的成绩考进军校，成了军官。

接着第二年，叔的儿子我的一个堂哥也考进了军校。

新年的前夕，慰问军属的一项重要工作就是：给每个军人家庭送来一副对联，二斤猪肉。我家军人多，竟得到了三份礼品。

貌似军属也没什么其他的待遇。父亲反倒是在工作生活中严格要求家人，说为人处世不能给咱家的军人抹黑拖后腿。

再说早先，那时我还没出生。

伯父家的堂哥比我大哥年龄大了三岁，少年时二人结伴恶作剧。那时伯父家养着一只威武的大黑狗，放学后二人就领着大黑到处咬架。每每发现哪一家有只品相不错的狗，就一定要把自家的大黑带去，让两只狗咬架 PK。如果我家的大黑赢了，兄弟两个就高高兴兴地回家了。如果大黑吃了败仗，兄弟两个不客气，袖子一卷就上去了，先是教训对方的狗，最后再顺便教训一下不服气的小主人。

堂兄弟二人带着大黑咬遍了周围的村庄，"声明远扬"。不断有人找上门来，控诉二人的顽劣。还有人直接就说：你们是军属，所以才欺负人家的狗和人。大伯回来知情后，杀掉了黑狗，堂哥也被教训得满地找牙、鬼哭狼嚎，最终改邪归正了。其实，好斗、玩酷，也不过是乡村少年的无聊而已。

堂哥在邻村发现一个宣传队的美女，长辫子、圆圆脸、大眼睛，饰演小铁梅，一见之下倾心。回来催促大娘备礼，不请媒人，直接提着礼物登门，还真把事情说定了。之后不久，漂亮的堂嫂就娶到了我家。

后来，大伯带着堂哥一家移居湖北老河口。

我大哥当兵入伍。我家门前又多了一块"军属光荣"的牌子。

大哥入伍时我刚刚一岁，不记事儿。他退伍到家，我也才五岁。记得是一个下午，他穿着一身军装，站在堂屋里和一屋子的乡邻谈笑风生。我一看，家里咋来了个解放军，吓得扭头就跑，再也不敢进屋。晚上吃饭，一个人在大门外吃，任凭我妈咋劝也不敢进门。从哪里来个解放军大哥，太害怕了！

也许是军人情结太重，大姐二姐都是和军人结婚，成了标准的军属。

我在高中二年级时，叔回老家，问我愿不愿意当兵，可以带我入伍。父亲估计我能够考上大学，再者害怕我一旦远离家乡，不可能回来了，就不让我当兵。好在后来我考上警校，军事化管理，进入公安队伍，也算得上半个军人吧。

我家曾经的军人太多，所以看到军人总有亲切感。遗憾的是现在没有一个现役军人了。新的一代，军人的英武之气不存，都变成了戴着眼镜的读书孩。能就业的，及早就业；流行考研，就奋力考研了，不再有入伍从军的打算。"军属光荣"已不属于我家的荣誉，成为风中往事。

老条几

乡下我家的老堂屋里，在迎门的后墙处，挨着后墙放置一个黑漆的木制条几，上面摆放比较贵重的杂物。在我的记忆里，老条几最隆重的时间是春节，妈把平时放置的闲杂物件暂时挪走，把古旧的条几擦拭得干干净净，恭恭敬敬摆上敬神的祭品，焚香叩头。

平时，老条几前边紧挨着的是一张木制的大方桌，两边配放着两张高椅子。记忆最深的是，晚归的父亲坐在右边的带着椅背的高椅子上，朝向大门，吸烟，喝茶，沉默，妈在对面的灶屋里忙碌，年迈的痴呆的奶奶坐在堂屋里，而我有时坐在左边的椅子上，有一搭没一搭地听收音机。

高椅子背后，茶盘上放着两个装满热水的茶壶，站在高处，防止小孩烫伤。老条几另一边靠墙处，我家的一个茶壶一般高的青花老瓷瓶站在那里，装满红砂糖，天热时变黏结块，在玩累的时候，站上大椅子，揭开封口的盖子，伸手进去，抠出一把，美美地吃下，给我的童年带来了甜蜜的回味。

老条几是用厚厚的木板做成，黑漆刷制，一尺多宽，长约七八尺，两头微翘，甚至刻了简单的花纹。这么多年，它也没生过虫什么的，倒是很结实。我家老条几下边支撑的不是木制的底座，却是两柱砖泥垒砌的。小时候并没有感到奇怪，因为好多家连条几也没有。从我记事起，它就一直安安静静地摆在那里，接受主人随意的负重安排。在我眼里，取用物品时甚至没有认真打量过它。

我一直以为，这个老条几就是我家祖传的器物。没想到，有一天和母亲闲聊，听出了一段小故事。

原来这个老条几并不是我家之物。它原是邻村一个地主家的财物，不知什么原因，居然没被人民群众瓜分掉，所以在地主家幸存了下来。但是很不幸，它最终还是要离开主人。

到了1960年，这一家是个大人口家庭，又因为成分不好，饿得受不了，就决定卖掉这个不实用的摆设。由于太重，就先锯掉两边的木腿，只剩下大木板面。那时没有车子，只好用肩膀扛着到六里开外的集镇上卖掉。扛着的人，走到七里河边，实在走不动了，那时的人快饿死了，哪有力气啊！这个人索性不过河了，坐在河边。刚好我父亲从对岸回家遇到，一看也认识，就打招呼，那位卖家就跟我父亲讲他的难处，结果父亲用1.5元买回了老条几。回家用砖泥垫了两条腿，把老条几放上去，挺好，它就在我家安了家。

这是一段听来也辛酸的往事。只是，成就了我家与老条几的渊源。

稍大的时候从老条几上取用东西，也会想到它的从前，老条几斑驳的黑漆经历过怎样的磨损，才成了这个样子？那一家子节日时是否用它摆放过供神的祭品？是不是那个人口济济的大家庭也曾经把老条几当作饭桌，置放过温热的饭食？后来锯掉了四个木腿，是不是作为孩子的床铺，盛放过一个孩子香甜的梦境？

老条几辗转漂泊，在我家总算占有了一席之地，并且赢得了应有的尊重。至今，乡村的变化日新月异，和城市的家用摆设几乎无异，老条几依然停驻在我家，那应该就是它的归宿了，谁还会收留这个过时的器物呢？

许多年过去，年迈的母亲也进城定居，老家的古旧器物因其笨重或落伍一一闲置，只是偶尔，在母亲的惋惜和怀念中，提起那些业已模糊的旧事，才遽然打开故乡的细微记忆，回味起那些历久弥新的往事。

乡村的麦克风旧事

一、"电影到此结束"

"电影到此结束"，是我小时候在农村露天电影场里听到的最霸气的话筒语言。那时候我还小，没上学，也根本不知道有"麦克风"这个词物。记得很清楚，在昏昏欲睡或者已经熟睡的电影场下，突然被一句震耳的"电影到此结束"惊醒，场子上顿时一片混乱，特别是大人叫醒熟睡小孩的声音此伏彼起，自己也赶紧起身，在一片漆黑的夜色中，迷迷瞪瞪牵着大人的衣角深一脚浅一脚走回家里。

只是，那句"电影到此结束"的语句让我纠结了好长一段时间。因为还没上学不识字，那时看的电影最多的是打仗的爱国影片，和日本鬼子拼刺刀的场景很多，"刺刀"这个词语在影片中出现的概率相当高，牢牢地占据着我的脑细胞，再加上放映员铿锵有力的语气，通过话筒扩音的共鸣，所以这句话被我曲解为"电影刀刺结束"。结束就结束呗，为什么是在刀刺上结束呢？难道是电影里有刺刀，结束时必须有刀刺？这样的结束语在我理解有一点杀伤力，再加上夜晚的黑，更加深了害怕的感觉。

记得有一次回家的路上，忍不住问我妈："电影刀刺结束"是啥意思？我妈边走边答：就是电影放完了。嗨！其实还是没有解答我的疑问。我固执地认为从麦克风里发出的如此尖利有力的声音，应该不会这么俗，这么没学问。后来一边疑问着一边长大着，上学了识字后，忽然有一天就明白了。

二、呕心沥血

　　已经不记得学习"呕心沥血"这个成语是在几年级的语文课本上了，人们常用这个成语比喻极度地劳苦心思。只记得课堂上老师反复教导：千万不要抠住半拉字，把"呕"念成了"区"，让别人笑话。同学间也会常常故意念成"区"字，相互间会心一笑。

　　实际中真正听到这个念错的别字，是在一个相当严肃的追悼会上。一个冬天的夜晚，晚自习放学回家，村边的空地上正开着追悼会，一群群的学生都站在荧幕前，听一个德高望重的村长念悼词，等待着下一步的电影开始。去世的老人都熟悉，是村子里的，感觉没什么特别的。只是他的三个儿子有些文化，一个儿子是乡村的民办老师，另外两个儿子是现役军人，就搞了别致的一个追悼会。因为在农村很少见到追悼会。在隆重沉痛的氛围中，去世老人的儿孙们在棺木旁哀哀哭着，村长的声音也带着悲怆的情绪。突然"区心沥血"明确响亮地由话筒扩散出来，站在一旁不懂事的学生们"哄"地笑了，接着开始不客气地议论起来，肃穆的气氛被瞬间打破，这个白字有点逗！我想，我们咬文嚼字的语文老师如果在现场会怎么办？是纠正村长的错误呢？还是批评哄笑的学生不懂事？

　　总之，这个错误引起的哄笑使我牢牢记住了"呕心沥血"的正确读写，从此不会再错。

138

三、大队开会

还隐约记得毛主席逝世，我们大队召开的追悼会。我跟着妈到队长家的院子里，那里放着一个竹编的大背篓，里边盛满了一朵朵白纸折叠成的小花，凡参加的人，都可以拿一朵戴上。一看见纸花很喜欢，就拿了两朵玩。

到现场后，大队支书的富有震慑力的铜腔从高音喇叭里传出，覆盖了远远近近的嘈杂。在支书发言的主席台两边，靠着花圈。现场顿时肃静下来，吵闹的小孩子也在大人的吓唬之下，安静下来。支书领着人们举起右手呼了口号，然后让学生代表发言，记得那个中学生哭得厉害，几乎无法念稿了，断续的呜咽声从回音巨大的话筒里传出，使她的发言更加含混不清了。追悼会开后接着出来了红卫兵，拿着红缨枪，用整齐划一的动作，呼着口号，刺向前面白纸糊好的画像。那时候相当羡慕，只盼自己长大，当上红卫兵，拿起红缨枪，多好玩啊！根本不理解毛主席去世，为什么大家都哭。

再一次的大队开会，是在另一个开阔的村边。大队支书在话筒中声音高亢，讲了几句话后，就语气严厉地命令把一个男人绑在两棵树之间，让人用皮鞭抽打。据说这个人是人贩子，专门拐卖妇女，从四川或陕西拐来妇女卖给我们当地娶不到老婆的光棍男。这人是我们村里的，他的衣服被脱得只剩下短裤了。皮鞭抽在他身上发出"劈劈啪啪"的沉闷响声，任凭身上被打出血印子，这个人始终没叫出一声。

后来最深的记忆就是支书那副"铜腔"——从话筒里扩展出的凌厉坚定的语音，那个声音的号召力和不容置疑，使我懵懂中意识到话筒的支配领导作用：原来谁掌握话筒，谁说话就有权威。

四、群起而攻之——他

"群起而攻之"这句文言文，一般的中学生都知道啥意思，那个结尾的"之"字，就是代词，指代"他"。我记得是一个校长，说出来我也不好意思，并不是专门嘲笑的意思，只是觉得教育工作者，为人师表，出这么大的洋相，不应该的。

一个全校师生大会上，校长对着麦克风，最后总结发言时，对于不守纪律的学生，照例要批评一通。该校长语气严厉地说：对于害群之马，我们要群起而攻之他！

哄……

下边的学生瞬间笑乱了。校长当时很窘迫，老师们也很窘迫，只好制止学生哄笑，维持纪律。好大一会儿，现场才安静下来。会议就快速结束了。

后来，校长一定是明白了自己错在了哪里。那个扩音话筒无形中放大了他的错误。我猜想是那个麦克风加重了他的羞愧。反正听说那次以后，该校长直到退休，几乎没在大会上再发过言。

其实，等自己年岁渐长，想此事，那个校长与其一直拘泥于自己曾经的小错误中，为什么不能之后，再找个场合勇敢地自嘲一次，为自己解围呢？

就像听到的一个小幽默：老师讲话激励学生们好好学习，长大后能挣个小"别野"住住。学生哄笑之后，老师说笑什么笑！小房子就叫别野，大房子才叫别墅！

又到中秋月圆时

相传中秋节吃月饼的习俗来源于明朝初年：就是朱元璋的月饼起义。当时，中原广大人民不堪忍受元朝统治阶级的残酷统治，纷纷起义抗元。朱元璋联合各路反抗力量准备起义。但朝廷官兵搜查的十分严密，传递消息十分困难。军师刘伯温便想出一计策，命令属下把藏有"八月十五夜起义"的纸条藏入饼子里面，再派人分头传送到各地起义军中，通知他们在八月十五日晚上起义响应。到了起义的那天，各路义军一齐响应，起义军如星火燎原。很快，徐达就攻下元大都，起义成功了。消息传来，朱元璋高兴得连忙传下口谕，在即将来临的中秋节，让全体将士与民同乐，并将当年起兵时以秘密传递信息的"月饼"，作为节令糕点赏赐群臣。此后，"月饼"制作越发精细，品种更多，大者如圆盘，成为馈赠的佳品。

从此以后，中秋节吃月饼的习俗便在民间流传开来。

记得小时候每到中秋，奶奶常说的民谣是：八月十五月儿圆，西瓜月饼敬老天。特别隆重的是在晚上，圆圆的月饼象征着圆满或团圆，每年我家都要品尝。家里不多的月饼切成小块，似乎是一个月饼被分成八块等份，放在盘子里，每个人分得几块，吃起来香甜无比，再配上两个鸡蛋，算是节日的祝福了。遗憾的是不像民谣里说的有西瓜，因为节令已过去，没能吃到西瓜。

那时候百姓的购买力有限，月饼的品种也单一，几乎都是五仁月饼，里边是花生、芝麻、青红丝和晶莹的冰糖，吃起来相当可口。相比于现在种类繁多，品相各异、口感多样的月饼，那时的月饼是真的口腹享受，现在的更多是一种节日象征意义：因月饼的高热高能被注意养生的人戒备慎用，成了真正意义上的品尝。

中秋节再也不是儿时的中秋了。虽然物质更加充裕，节日的元素仍在：月饼、明月、西瓜、桂花……心情却再也找不回来了。长大变老的过程似乎缓慢而沉滞，成长的欢欣新奇渐渐像隔了一层轻纱般朦胧。

年年岁岁花相似，年年明月总不同！

而中秋，因那一轮明月分外圆，就被无数的文人骚客赋予了更多的意义。唐代诗人王建有诗《十五夜望月》："中庭地白树栖鸦，冷露无声湿桂花。今夜月明人尽望，不知秋思落谁家？"宋代著名词人苏轼也在一个中秋月圆之夜，大醉之后，遥望一轮皎洁的明月，发出了"但愿人长久，千里共婵娟"的感叹。成为了脍炙人口的诗词，代代瞻仰。

古代的文人也是蛮拼的啊，借月圆月缺之憾，抒离愁相思之情；借自然风物之象，寄故园乡思之念；借皎洁明月之高，托神往仙境之想。

在大自然的景物里，月亮能激发了多少浪漫的幻想，简直被诗化了！而在古代，未能实现的憧憬，希望能在人间和天堂之间自由飞翔的梦想，就以民间故事的形式顽强流传下来，寄托了古代人民对驱散黑暗，照临大地的明月的赞美向往。

嫦娥飞奔明月的故事，在中国深入人心，美丽的嫦娥本想摆脱人间俗世，却进入了寂寞冷清的广寒宫，整日只有一棵大大的桂花树飘香，一只小白兔相伴，也许觉得过分冷清，又想象出一个酿酒的吴刚，不知道什么逻辑。后现代的登月探测器，把一切童话还原为童话，却以"嫦娥"命名，实现了中华民族几千年的登月梦想。

盛唐的浪漫皇帝唐明皇，于一个明月如镜的中秋夜晚，邀请申天师和鸿都道人一起赏月，就在三人望着月亮把酒言欢之际，他突然心血来潮，想要到月亮上游历一番，申天师马上做起法术，带着唐明皇、鸿都道人到月亮上。

在那里，唐明皇看到一座写着"广寒宫"的巍峨宫殿前，有一群婀娜多姿的仙女，随着音乐翩翩起舞，令他们看得如痴如醉，回到人间后，唐明皇便凭着记忆，把在月宫听到的音乐，谱成一首优美动听的曲子，然后配上模仿月宫仙女舞姿的舞蹈，就成为历史上有名的"霓裳羽衣舞曲"。

这是个相当美好的传说，此曲只应天上有，人间能得几回闻！展示了一代圣主高雅的艺术品位。

可惜，现代人赏月的越来越少了，也没了什么诗意，甚至高雅的诗词也被手机时代无厘头的搞笑语言消解。城市化的迅速发展，人们纷纷住进了高楼大厦，电能的充足供应，门外是光亮耀目的路灯，家里是精彩纷呈的电视节目，使人们更愿意待在室内。打开电视节目，看别人摆拍出离愁悲欢，跟随着编导情绪转换。却不愿走出室外，走进自然，静静欣赏天上的一轮明月，发思古之幽情，吐槽现实之困惑。

"今人不见古时月，今月曾经照古人。古人今人若流水，共看明月皆如此"。明月流水之叹，此事古今难全，唯愿心如明月，汲中秋之清爽，暂避俗世之嘈杂，品节日美味，共赏皎洁明月。

那一棵小树

阳春三月，又到植树的月份，忽然想起小时候的一件事。

那时我还是个小学四年级的学生，刚刚有植树节这个概念。老师在课堂上给我们讲解了植树造林，绿化祖国，建设三北防护林的重要性，然后要求我们每人回家带一棵小树交到学校，不论什么树苗都可以，用以支援三北防护林的建设。我家宅基地紧张，小小的四合院子用水泥硬化了，只在院墙边种了一棵粗大的泡桐树，别的地方寸草不生。没办法，我妈只好领着我到村里一户的院子苗圃里，用两毛钱给我买了一棵小白杨树，让我交给老师，算是完成任务。

我就这样扛着这棵端直的小白杨树上学了。

到班级后，纷纷上交了小树，都靠着墙一溜儿放在黑板边上。在一堆歪歪扭扭的大多是野生的小树苗之间，我的这棵树显得格外显眼漂亮，引起了老师的注意。班主任是个和蔼可亲的女老师，没等她问，早有快嘴的同学向她报告说，我这棵小白杨是我妈用两毛钱买来的。杨老师当即表扬了我，说我热爱集体，积极上进。并说当年和我妈是同学，我妈就是一个积极的同学。我很诧异，回家问我妈是否和杨老师是同学？我妈笑了：我在老河口上学，我俩咋能是同学？原来是老师对我妈的溢美之词。

下课了，大家居然围着我讨论树的问题。七嘴八舌都说我亏了，不应该上交这么好的树，还是用两毛钱买的，应该到野地或河边的小树林里挖一棵就行了，管它什么样子，歪的矮的，连树根都行，花两毛钱太不值得。因为都是小孩，不会隐藏情绪，直接说出了看法，认为我有点缺心眼、太老实、不精明。

我的好心情一下子跌到了极点。对自己的行为也起了怀疑：自己是不是太傻瓜了？回想起老师的表扬竟使我产生了羞愧的感觉。一个上午，我被这种不良的情绪搞得心不在焉。

中午回家，闷闷不乐，就把同学的议论告诉了我妈。我妈是乐天派，哈哈一笑：小娃子们，管他们咋说哩！咱们交上去一个好树，将来能长成个大材料树。并说吃亏人常在。

小孩都是善忘的。转转身，我就把上午的不快忘在了脑后。虽然这种情绪并没有持续太久，只是在以后的集体行动中不敢太积极了，怕被说成傻瓜。

就这样，一棵小树却长到了心里，长成一个若隐若现的小阴影。

小孩的是非观点最有可能是受同龄人群体的影响。在某些时候，坦诚老实会被看成缺心眼，耍奸偷滑被认为是精明。一个人在群体中也会无意识地认同。

后来读书，课本上学到了孔子的"己所不欲，勿施于人"，想明白了自己的心理，也就释然了。

再后来我去新疆旅游，看到稀落的民居地带，村边远远地挺立着一排排粗大的白杨树。想起小时候捐献的小白杨，或许在这里已经繁衍成了白杨三代或几代，心情挺好的。

边走边忘（之一）

　　小时候的闺蜜伙伴从外地回来，刚下火车，就给我打来了电话。虽然声音里透着熟悉，对方报名字之前，我怎么也想不出是谁，只好随着对方的话语应和着，脑子里快速地猜测着。直到她终于报出了自己的名字，我才恍然。

　　她叫小丽，是我小时候最好的玩伴，如今新的称呼是小闺蜜。她比我大了十一天，圆圆的大白脸，眼睛细长，遮住额头的刘海，使得脸更像一个肉疙瘩，笑起来，几乎看不到眼睛了，挺喜相的。

　　我们两家的居住地间隔百米，伴随着彼此的成长，一度成为童年时代最不可或缺的人，几乎达到"一日不见，如隔三秋"的地步。记得有一次她妈让她到外婆家住一段时间，她哭着不去，就是因为不想和我分开——我两个是难得的踢毽子水平旗鼓相当的玩伴，在我们那个小伙伴圈子里真的找不来可以和我两个抗衡的水准了。记忆最深的一个画面：白雪飘飘的下午，空旷的院子里，我两个轮流踢毽子，别人在屋里烤火，我们却浑身是汗，热气腾腾。飘飘扬扬的大朵雪花落白了袄子，依然兴致不减。因为太喜欢踢毽子了，右脚的鞋子或靴子总是先破。

　　上学之前，我们的生活自由自在，整天就是踢毽子、打沙包、跳皮筋、捉小鸡……农村孩子玩的，我们一样也不会拉下。

　　上学了，我们还是好朋友，一起作伴，直到小学毕业。

初中开学时，她辍学了。第一天放学，我找到她家，问她辍学的原因，她很无所谓地回答：上学没意思，不喜欢。我也了解她的学习成绩一直不好。她妈不反对：不想上学算了，女孩子家认识几个字就行了。

从此，我整天忙忙碌碌上学。见面的时间越来越少，共同的话题几乎没有了。

似乎童年终结了，而她，就是我童年的符号一般，固执地镶嵌在童年记忆里，也不再鲜活了。

小丽十八岁就结婚了。那时候我正读高中，省下口粮钱给她买了棵五元钱的塑胶小松树，作为祝福之礼物。

此后，见面愈益稀少。

上班之后和她又见了一次面，她带着自己的孩子办理户口事宜。见面之后，免不了寒暄几句，接着就直奔主题。我们已经没有耐心多说废话——彼此都忙啊。然后是挥手告别。

这次见面，在一个小饭店里。她带着自己的孙子。这不奇怪，十八岁结婚，有了孙子很正常。年轻的奶奶，穿金戴银，花色裙子，腿上是黑丝袜。寒暄之后，突然有一阵沉默尴尬，共同的话题太少了，只好热情地给她和小孙子不断夹菜。她和丈夫在四川做校油泵生意，经济上比较宽裕。一再邀请我去四川游玩。她也玩微信，当场我们互加了微信。

出了饭店，我目送她和小孙子坐车离去，转身汇入人流中。也许这仍是一次熟悉人的擦肩而过，彼此走不进别人的生活。沉落在记忆里的美好，被纷纷红尘冲淡。曾经再怎么熟悉的人，有一天也会变成陌生人。

告别之后，我们又变成了微信里的陌生人，相见不相识。这高速变换的时代，也许边走边忘才是常态。

边走边忘（之二）

　　小学升初中成绩放榜了。榜单就粘贴在大门通道的墙上。我站那里使劲抬头看，眼睛都看酸了，还是没看到自己的名字。沮丧和害怕包围了我：不会是没考上吧？刚好我们的副校长走过来，认识我，指着榜单说：第二名就是你。啊！我太意外了，压根就没想到考了第二名！所以看榜单时一直在看后边，因为自己感觉考试很不理想，失误好多。看来大家的失误都很多啊。瞬间由沮丧变得兴奋，一溜烟跑回家报告喜讯了。

　　这么多年过去了，那个惊喜的瞬间清晰如昨。

　　初中的课程算不上紧张。那时我学习态度不好，初一班主任杜老师对我的评语：华而不实，漂浮上层。贪玩，好动，构成了初中的生活线。下课了，冲出教室，跳皮筋、踢毽子、打沙包，是我乐此不疲的游戏。

　　抓紧时间玩啊，不然就要长大了！

　　升学考试的好成绩，无形之中使我洋洋得意，表现出对班主任语文老师的挑剔。对不起，那不是我一个人的感觉，是全班同学在背后给老师起了外号。

　　我和同桌都对老师不敬，大声说着老师的外号，结果自然是我们吃亏。老师对我们的厌恶也日益表现出来了。老师有一次装着醉酒，手拿一根教鞭进来，命令我和同桌伸出掌心来，各打了三下。全班同学只打了我们两个，转身就扬长而去。留下我俩傻呆呆站着，不知所措。那是我从小到大唯一的一次挨教鞭。

好在，我及时改正了自己的态度。又因为语文成绩特别突出，语文老师最终原谅了我，对我一如既往地关注。

也许小时候的成长过于无忧无虑，养成了自由散漫的学习习惯。骨子里，我是个自由主义者。浅尝辄止，随遇而安，在人生的单行道上走过许多的弯路，收获诸多教训或者经验。那时，我凭借一点点小聪明，在一个偏远的学校里，广受教课老师们的表扬，相当多的时候不知天高地厚，流露出得意自负，所以成绩总是忽高忽低，和我洋洋得意的心理刚好成反比。

初二，我遇到一个克星老师。他是教数学的，同时教授我们代数与几何。想不起来最初的冲突始于何时，我那时以不交数学作业与老师对抗。这个老师有个最大的习惯是：对学生讽刺不点名，却胜似点名，因为大家都知道说的是谁。他讽刺学生时语气抑扬顿挫，引用诗词典故，大有卖弄之嫌。有一次，他在背诵了李白的《将进酒》之后说：谁要是能现场背过来，我让他当班长。这莫名其妙的话，把我们搞得一愣一愣的。

与数学老师的对立造成了一定后果：面对好多次在梦中出现的数学考试，总是好一番焦灼，考卷上一个题也不会做，之后在紧张焦虑中惊醒，久久不能入睡。

初三的语文老师刚好就是打我教鞭的初一班主任杜老师。这时候我与他已经彻底和解。他对我的重视和培养，使我打下了坚实的语文基础，至今都难以忘怀。那时候，除了作文，每周必写一篇周记。我的作文和周记总是被杜老师当作范文表扬，极大地鼓舞了我。

想起来，有二十多年没见到他了。在电脑前默默问候一下：

老师，你好吗？一生桃李满天下，几十年后还能记起老师名字的学生有多少？

　　来了，走了；来了，又走了。老师站在那里，学生却总是要走向更远更广阔的地方。变换多彩的世界里，曾经的老师也许在大部分时间里被学生们遗忘。

边走边忘（之三）

初一时的同桌，那个比我更张扬的女孩，说话声音又快又脆，一双骨碌碌转动的大眼睛，不一会儿就能想出一个调皮的鬼点子。

她和我一起被老师装醉打了手心三教鞭。三教鞭之后，老师转身扬长而去，留下我两个傻呆呆站着，不知所措。

老师也没有下狠手打，只是对我俩的心理打击相当严重，同时也产生了分歧：我自感冤枉，老师的外号是她起的，我不过是大声说出来了，就被连带打了手心，太懊丧了！她呢？哭着找她爸去了（她爸是我校初三的语文老师）。结果，回来时哭得更厉害了：被她爸又狠狠批了一顿。只不过没了眼泪，只是装着干哭。她实在是个被宠坏了的孩子，因为他家有三个哥哥，只有一个她是女孩。

下一节课，我俩被调开了座位，不允许我俩坐同桌了。

整治了我们两个挑头儿的，班级里的纪律明显好转。

上课时不能在一起玩了。下课时就抓紧时间玩。为了挤出时间玩，每天约好早早到校。

踢沙包毽子，我们用的是自己缝制的、由六块小沙包组合成的立体沙包，也是我小时候做得最好的针线活。有时也用鸡毛毽子。我两个水平旗鼓相当，所以在下课分组时，我俩各带一组对抗赛，累计计数，多者为赢。好多时候，我们的单人水平太好了，一个课间的十分钟时间，居然轮不到另一组出场，于是，下一节课间继续踢毽子。学校曾经组织过踢毽子比赛，我俩都光荣获奖，只不过都把奖状藏起来了，不好意思让家长知道。

跳皮筋，需有两个站着撑皮筋的女孩。跳皮筋是她最拿手的，那时她身轻如燕，跳起来像猴子一样灵活。她若开始跳，从低级跳到高级，皮筋升高到耳朵位置，她依然能够得着。那么长的时间，对方已经站累了，按照规则，她还能跳。无敌是多么寂寞！最后，小伙伴们甘拜下风，不再陪她玩皮筋了。

冬天吃冰，是她教我的。最冷的冬天，晚上偷偷放半碗水在窗台外，第二天早上放学回家，拿出冰块可以吃了。我如法炮制，却成功甚少。不是忘记了，就是放置后被我妈收回家里。似乎也成功过几次。有一次冻得太结实了，取冰时居然把碗给弄烂了。呵气成雾，寒冰入口，牙齿也难受啊。但那时就是要这么干。

我两个在一起做过一件最有意思的事儿，就是比赛着写日记。本子是她爸给做的，把一张稿纸从中间裁开，订成窄而厚的两沓，让我两个比赛，看谁写得多，写得好。每天。绞尽脑汁也要写上一点，因为第二天早上我两个要相互检查。

一个多月后，她开始偷懒，抄袭《少年文艺》凑篇幅。而我，也因为没有了对手，而中断了日记。

后来就分开了，生活几乎再无交集。三年前，我到一个单位里办手续，她刚好在那个办公室。好友相见，仍有来自心底的亲切感。只是在她认真的表情持续了五分钟后，那双大眼睛骨碌碌一转，我俩忍不住同时大笑起来。少年时无知甚至疯狂的举动，现在想来都是好笑和快乐的。

不久，我两个在广场巧遇，一起散步，话题却单调乏味，大部分时间陷入无话可谈的尴尬。一个小时过去，挥手散去。

"欲买桂花同载酒，终不似，少年游。"时移世易，彼此都没有了年少时的心情。

边走边忘（之四）

长亭外，古道边，芳草碧连天。

晚风拂柳笛声残，夕阳山外山。

天之涯，地之角，知交半零落。

人生难得是欢聚，唯有别离多。

长亭外，古道边，芳草碧连天。

问君此去几时还，来时莫徘徊。

天之涯，地之角，知交半零落。

一壶浊酒尽余欢，今宵别梦寒。

　　第一次看到这些美妙的文字，是在《城南旧事》的小说里。故事里的主角小英子和同学在一起唱的毕业歌，惊喜交加。因为这一首深情优美的歌词，就感到毕业是多么美好多么伤感多么文艺的一件事！后才得知是民国时期李叔同所写的《送别》，当时被学校广泛采用传唱。若干年后，听到一位钢琴老师用这首歌曲作为教学生乐理入门音准之用，更深有所动。

　　曾记得，《城南旧事》在一本杂志上刊登。放学的路上，张梅拿着杂志走中间，两边是我和书莲，边走边看《城南旧事》，还好，我三个的阅读速度差不多。看一段后，抬起头讨论几句。精彩的片段，再返回读读。有次看得太专心了，三个一起被路上的土堆绊倒。嗨！不知道的，还以为我们学习多专心呢！具体的小说故事都模糊了，唯有毕业歌和小英子那双美丽的大眼睛牢牢刻进了脑海。

张梅，在初二暑假时随父母迁居襄樊市，她爸爸在那里工作。此后，不复相见。只有她那两个高高扎起的马尾辫子在记忆里闪来晃去。

同读的书莲，是我初二的同桌，一个细眼疏眉，白皙内秀的女孩。她曾经以自己文具盒的画面为题，写了一篇五页长的作文，由物及人，比拟人情世故。老师拿着她的作文本，在课堂上一字不漏地读给同学们，大力赞叹。这个有着作家梦的女孩悄悄告诉我，她初中毕业就会辍学。因为她家四个女孩，只有一个哥哥。经济条件不好，只能支持哥哥一个人上学。

这个可以与之认真谈论梦想的女孩，激发了我的写文热情——曾写了一篇短小说。可笑的是，同学阅读后，一一对应指出了原型。

春末的校园，教室门前的两棵粗大的泡桐树，开出层层叠叠的紫花。细雨中，勉强说愁，写出"梧桐花落欲断魂"的句子。其实，少年也会有少年莫名的感伤，当时只道是寻常而已。

那时，她寄居在姑姑家读书，和我一路同行上下学。初中毕业，她果然辍学。也许，她是真的忧愁，还记得她面对窗外凝视细雨的忧伤。多年未见，听说后来，她远走新疆，结婚经商定居。而她家牺牲了姐姐妹妹读书权，结果还好，哥哥不负众望，学业有成，现在南方一所211大学任党委书记。新疆辽阔的蓝天下，打理生意的间隙，她是否会忆起少年时曾经的作家梦想？

还有另一个同学名字巧良。在物理课和英语课的课间，英语老师指着我和她，对物理老师说：看她俩长得多像！一个黑一点，一个白一点。我和巧良迅速对视，都不好意思了。我这才惊觉怎么平时看巧良有点面熟，原来我俩都长这样啊。

《城南旧事》在班级传阅，巧良在读完它的一个上午，到校和我们告别，她转学到南阳市了。而南阳当时在我们心里是一个遥不可及的梦幻之地。

隔壁的班主任老师，课间，在她的办公室里拉起了手风琴，刚好是这首《送别》。手风琴悠扬声中，似有长亭古道芳草连天的意味。

帷幕关闭，少年散场。天涯海角，知交大半零落。之后的青春各自独舞。陪伴我们成长的旧事边走边逸落在风中。

边走边忘（之五）

初三伊始，单是班主任的严格看管就使我们压力大增。课堂安静，课间再也没人踢毽子打沙包，有时也假装矜持地看着低年级学妹在那里玩闹，似乎一下子被迫长大了。

课堂课间，偶尔按捺不住仍会调皮搞怪。同桌莉莉比我大两岁，个子高我半个头，胖乎乎的，脑子似乎没睡醒，经常处于迷糊状态。她是我们班主任的女儿。自习课太沉闷了，就经常逗她为乐。看她貌似在读书，其实在发呆，就拿笔尖在她脸上轻轻点一下，她不理，继续点，直到最后把她彻底逗恼了。她发脾气了，在课桌上甩自己书本，啪啪地响，我才笑着终止了捣乱。那时候好怪啊：就是喜欢看她生气的样子，故意要逗得她很生气。

有一次，我又故技重演，没看见他老爹就站在身后，结果身后传来低沉的声音："你招惹她干啥"？我吓得不轻。天地良心，我真不是在欺负她，只是太无聊而已。

同桌莉莉的语文成绩尚可，代数和几何就是不开窍，考试成绩经常二三十分的栏子。可是，有一次意外，居然考了六十多分，最后被我发现了原因：原来考试时她在偷瞄我的卷子。再一次摸底考试，我故意用手遮挡住做过的卷子。看她着急起来了，就让她问我喊了声姐，才帮助她。嘿嘿，其实我俩的关系相当和谐，因为她终于被我闹得没脾气了，有时还主动找我逗乐。

157

期间，莉莉的母亲去世了。我明显感到了她的忧伤，不敢轻易开她的玩笑了。尚未毕业，她就辍学了，大概是她爹看她的成绩也没什么希望吧。

一对新疆的小姐妹给我们带来远方的新奇。小静和小喆姐妹是班主任的外甥女，初三时回老家读书。双胞胎姐妹两个穿着新颖时尚，一身红色衣服；说着一口标准的普通话，像播音员一样。记得语文课堂，小喆应班主任要求，站起来读"风声雨声读书声，声声入耳；家事国事天下事，事事关心"的课文，口齿伶俐，发音清脆入耳。读完课文，教师内依然寂静了好长时间，估计全班同学都被深深打动，沉浸在她声情并茂的朗诵中。

毕业时，新疆小姐妹离开。据传来的消息，二人都考上了当地师范学校。

隔着通道的邻座是小凡，她喜欢诵读背书，不喜欢默念。一次课前，她又在那里摇头晃脑背书。仔细一听，原来她在背历史：李大砍（钊）英勇就义。李大砍是何方神圣？我伸过头去：你说的李大砍在哪里？小凡给我指着历史书：这里。一看，原来是李大钊！把我笑得脸都抽筋了。后来一分析：这个"钊"字，左右结构，字面看，左边是金属偏旁，右边是一个列刀，左右都有杀气，组合起来，还真有像大砍刀的意思。

又一次，小凡背数学"轨迹"的定义，一直重复着背：轴迹，轴迹……终于把我的听力引过去了……幸亏数学老师没有提问她，要不然她背出个"轴迹"，要把老师给弄糊涂了。

后来小凡，考上了南阳师院，当了老师。不知道她是否能修炼成咬文嚼字型的老师，不再念错字了？

有些人走着走着就散了，有些事走着走着就忘了。只留下成长中快乐的吉光片羽，弥足回味。

犹记当年高考时

　　一年一度的高考又到了，每到这个时候，往往会想起二十多年前自己的高考时光。

　　先回忆一下高考前的辛苦。那时候高考的日子是每年的 7 月 6、7、8 号，共三天时间，刚好处于夏天最热时段，时令上即将进入伏天，我们当地有俗语："九"头里冷，"伏"头里热。记得那年雨水缺，所以天气格外燥热。学校的教室里、宿舍里都没有电扇。白天坐在教室里汗流浃背，有的手拿一把折扇，有的买来一把蒲扇，有的把书本当扇子，呼呼地扇着风。讲课的老师很少讲课了，因为进入大复习阶段，以自修为主，可以查漏补缺。允许学生离开学校，自己回家安静地备考学习。自感自制力不强的还是留在了学校，这里的学习氛围还是好些的，

　　更多的时候，教室里一派死寂，大部分同学趴在课桌上睡觉。因为夜晚实在是睡眠不足啊！学生宿舍拥挤潮湿，晚上有的洗澡，有的点灯读书，大家各有压力，一点动静就会影响入眠。宿舍里潮湿闷热，蚊子跳蚤叮咬，不是特别疲惫的就睡不着。我那时因为神经衰弱，每天晚上需靠吃安眠药入睡。

　　真是身心俱疲不堪回首的日子啊。即使笑着的时候，心头也像被一块石头压着。没有豪情壮志，只有背水一战的无奈。掐着指头，害怕着又期盼着高考的日子快点到来。

终于到了时间。因为在乡镇高中，班主任老师吕志芳很负责任，给我们班级租来了汽车，一起拉进城里。集体订好了旅社。记得是水上楼农行西边挨着的新华旅社，是个私人旅社，女生全部住在里边。没有空调，当时空调是高档的奢侈品。每个房间四个硬板小床，铺着草席，每个小床都有一个白色的蚊帐。天花板上一个吊扇，整夜呼呼地转着纳凉。新华旅社现在居然还存在着，还营业着，每每经过那里，都特别亲切。

　　到点了，我的心情反而格外地轻松。心想好坏就这样了。没有啥心理包袱，反而睡得很踏实。

　　我分在邓州市城区一小考点。居住的旅社与一小很近，认考点，到正式考试都很顺利。第一场考试语文，是我比较得意的科目，作文写得相当顺手，几乎没什么遗憾。第一科下来，心情更加平静了，比平时还轻松些。接连而至的考试顺利进行，感觉会做的题目没出现失误之类的，拿不准的题目也蒙对了。只有一点印象深，是引起我反感的噪音。一小东边住户正盖房子，搅拌泥沙石子的声音特别刺耳！坐在考场里，那个声音贯穿了高考始终。心里好奇怪：高考在我们眼里多么重要，为什么没人注意管理考场周围的噪音问题？噪音的制造者也太没道德了！

　　语文考试结束后，回到旅社，我的同学杨某就沮丧不已。我感到奇怪，你成绩那么好，出一点差错不会影响总分数的。可是她真输在了心理素质上，念念叨叨地，说自己出了重大失误了，晚上从不失眠的她开始失眠了，喝葡萄糖，我至今不知道葡萄糖有无安眠功效。接二连三考试，每一场下来都没见她笑过。要知道，她成绩稳居我班第一名啊，平时我和她的总分成绩相差在四十分左右，真不理解她凭什么害怕。结果可想而知，她落榜了。

　　看来，高考不仅是实力的大比拼，更是一场心理素质的较量。

那时候农行大厦不存在，水上楼四层高的一溜儿楼房就是高大的建筑物了。农行大厦原址及后边是个大体育广场，里边有篮球架。高考时段，正举行一场篮球比赛，是我县和内乡县之间。下午的考试结束后，太阳还老高，篮球比赛刚刚开始。出了考场的我们都站在周围看球赛，其中的一个高个男生球技特别出色，进球的同时赢得了我们阵阵掌声喝彩。他又高又帅又阳光，正是女生心中的理想形象。只是只是当时已被高考这个词洗脑了，感觉全中国的青年都在高考，故而诧异：他不参加高考吗？最后一天高考，球赛已经结束。经过空荡荡的球场，女生们怅然若失。呵呵，青春的小惆怅啊。

只不过后来，应该是很久以后了，在郑州，在一个朋友的朋友聚会上，遇到了他。这时我终于领会了时间是一把杀猪刀的警句，不管你信不信，反正我是信了。四十岁，居然头发白过了一半，一脸沧桑，最要命的是背部驼得厉害，为他的形象减分太多。那个玉树临风的人呢？那个生龙活虎的青春偶像哪里去了？

考试后就是估分环节了。对照标准答案估分，有笑的有哭的。最意外的分数是政治这一科，原本是我的优势科目啊。记得考试做题时很轻松，感觉题不难，比平时的习题还容易些。我是提前四十分钟交了卷子，估分85分，结果好惨，实际上59分。到现在我还是不明白原因，怀疑应该是标准化考试，我的铅笔涂题卡涂得太轻了，自动化阅卷出现了问题。我估分的总分值比实际分值低了二十分，记不准确答案的都按错误算。结果分数下来后给了我一个不小的惊喜。

估分的同时开始报志愿。我那时一心只想往南方飞，所报的都是广东福建浙江等沿海地方的学校。

没想到，分数下来的时候，班主任通知我参加警校的面试。

我很惊讶说：我没报警校啊，为啥通知我去？班主任吕老师不客气地说：我把你的志愿撕了，重新给你报的。我看你个子高，适合当警察。原来是这样啊！

再后来，我参加面试合格被录取。就走上了公安工作这条路。

现在的孩子虽然物质条件普遍好了，但学习的压力一点不小。理解并祝福这些高考的学子们吧。

现在想想，高考这个独木桥，仍是中国选拔人才最公平的方式，它改变了无数寒门学子的命运。学生们共同经历的忧伤、奋斗、欢乐、磨难，是人生的巨大财富。作为一个经历过高考的人，可以很自豪地套用伟人的一句话：没有经历过高考的人生，是不完整的人生。

走失的寒冷

　　冬至已过，时令上开始进入"九"寒，居然艳阳高照，暖意融融。冰雪覆盖、万物萧煞、北风凛冽的严寒成为南中原的稀缺景象。儿时的寒冷，走失到哪里去了？冬日的暖阳里，无端地怀念冰雪，想念起一片白茫茫的银装世界来。

　　记得当年，天空大雪纷飞，地上已经变白，屋顶瓦楞渐渐覆盖、不多时，屋脊也变成了白色，树枝上也蓄积了一层白雪。高高低低参差的白，令破败的村庄简直成了一个童话世界。

　　下雪的时候，是最快乐的时候，在外面疯跑疯玩累了的时候，就回到屋子里。那时，奶奶正坐在屋子里的圈椅上，穿着大襟棉袄，厚厚的黑布棉裤，粗大的裤管，裤脚翻折后用了一个类似绑腿的布带扎紧，一双尖尖的畸形脚丫放在地上，带陶祥的陶制黑色火罐平放在双腿上，拢了双手暖着。她的头上戴着一顶黑色丝绒帽子，前额处镶嵌着一颗绿色的椭圆玛瑙珠子，白发从帽子边沿逸出，像细细的银丝。她的眼神模糊，满是皱纹的面容安详，安静下来的她显得特别慈祥，她自言自语：到夜里，每个小娃子都是一个小火炉，白天的疯跑是在积攒火力哩。也许，衰老如她，世界已经缩小到屋子里的一隅，岁月已不是眼前的世界，已变成了灰蒙蒙的过往。

　　冲进屋子，急促的脚步把奶奶的目光吸引过来。快速靠拢她，浑身冒着热气的我，只有手是凉的，是因为在外边玩雪的缘故。奶奶马上把她的手让出来，让我在火罐上暖手。一时间闲着，突然看见墙上挂着的包谷穗，马上拿来扣掉包谷籽，同时埋进几颗包谷籽在火罐的柴灰里，等待"砰"的一声炸响，一粒炸熟包谷籽露出来，我叫它包谷花，赶快用筷子夹起来，"咯咯嘣嘣"美美吃下。

雪下得厚实，静听雪落，竟有细微的"簌簌"之音。大雪一连多日，到处是厚厚的积雪。野地里行走，面对茫茫雪白，最熟悉的人走最熟悉的地方，竟也会迷路，实在是看不出原来的地貌了！村子被严严实实地覆盖，平日里凸凹不平的小路只能凭着记忆摸索前行，勤快的人家每天会清扫一下，懒惰的就随了它，人和动物的脚印子散乱地踩踏出痕迹。

人们也会在出门的时候，把自己包裹得严严实实，穿了棉袄棉裤棉靴，脖子上是上手织的围巾，头上偶尔也戴上一顶绒线帽子。寒冷的室外，开口说话，从嘴巴会冒出的一股股的白热气。

一个村庄，总有柴草搭建房顶的低矮房屋，这些低矮的屋檐会形成一个个晶莹剔透的圆锥形冰碴子，我们说是冰棒，不惧寒冷，折下来当作冰棒吃，尽管冰得牙齿打战。

放学了，村庄边缘的大池塘水面全部结冰冻实，胆大的孩子先用石头砖头一类的硬物在冰上狠砸，试探冰的坚韧度，然后就在冰上滑来滑去，令胆小的孩子望之兴叹。也有晕胆大的，不经试探直接上冰行走，"咕咚"一声冰破，掉进水里，幸好塘水不深，湿了棉裤和靴袜，回家免不了被家长揍一顿。

下雪不冷化雪冷。雪化的时候，地上黏黏的，特别是我们的布靴最受不得雪化，很容易被浸湿，里边的棉袜也会浸湿，脚丫子冻得够呛。为了取暖，就尽量活动，上课的静坐是很难受的，农村条件根本没有取暖的设备，教室里和外边几乎一样冷。所以，很多小伙伴的手或脚都生了冻疮，一到春暖的时候，太阳一照，热气上升，被冻伤的地方痒得钻心，也是逐渐痊愈的时候。

从小就从奶奶的俗语里得知：不冷不热，五谷不结。我们抱怨冬天的寒冷时，奶奶总是这样为冬天辩解。长大后得知的知识：冬麦经过大雪覆盖，寒冷能冻死虫子，消除虫害，对麦子的健康生长有利。

有人说，如今的暖冬，是工业文明发展的结果。此话当然有理。且不说二氧化碳排放的温室效应，单是物质生活的丰裕带来的变化是多么巨大：衣物的品质不断提升，人们穿着的衣服贴身、保暖；空调可以让室内保持四季如春的恒温；出则有车，商场、办公场所，到处都有暖气或空调，所以几乎感受不到寒冷。

也许，现代化的时代，走失的不是寒冷的感觉，是贫穷时代的单纯原始的快乐。

记得幼时端午节

　　端午节吃粽子，是现在最基本的节日食物，也是端午节的最重要标志之一。

　　但在我小时候，却很少吃到过粽子。原因可能是咱这里以面食为主，粽子却是糯米做成，是南方地区更擅长的食品。再者，每年的端午节，正值麦收之时，农村人忙于割麦抢收，谁有闲工夫包粽子——包粽子的程序比较复杂。

　　节日还是要过的，吃的东西就地取材。记得小时候有煮鸡蛋（咸鸡蛋和白鸡蛋），煮熟的大蒜、煮熟的豌豆角，油炸的麻叶。端午节的早晨，母亲做好了饭，把吃的东西都端到桌子上，全家围坐在一起。鸡蛋限量，每人三个，一个咸鸡蛋、两个白鸡蛋，其他的随便吃。

　　煮熟的大蒜必须吃，据说有败毒功效。长老的豌豆角一经煮熟，豆子有别于生豆子的脆甜，却有另一种的"面甜"感。油炸的麻叶香脆脆，上面有散碎的白芝麻。

　　总之，过节日，吃东西比较开心。

　　小学二年级的端午节，特别记忆清晰。早饭后到校，一群女生聚在一起讨论吃的，各自报出自己吃了几个鸡蛋。那时候的生活条件，鸡蛋就是最好的了。一个女生骄傲地说自己早晨吃了十七个鸡蛋，让我自愧不如；另一个女生不甘示弱，骄傲地说自己吃了五十个鸡蛋。我一听，惊呆了，不敢报数字了，因为自己才吃到三个，而且我妈只分给我三个。惊奇之下，发现贫富差距太大了：过节我居然只吃了三个鸡蛋，人家一个人就吃了五十个鸡蛋！那时候年幼，只是感到惊奇，一个人吃五十个，那她们全家早晨要煮多大一锅鸡蛋！不知道人的胃是有限度的，根本吃不下那么多。

长大后，端午节吃鸡蛋时，偶然想起小时候这件事，总是哑然失笑。你说一个小女孩就知道吹牛炫富，长大也不知道会是什么样子？这么多年没见过她们两个，但她两个的名字我记得特别清楚。吹牛也好啊，不然怎么能让别人记住名字。

其他的习俗什么赛龙舟，根本没见过。还有一个习俗一直延续到现在，就是绑"五色线"，把五种颜色的线捻成一根花色线，然后绑在小孩的手腕、脚腕或手指、脚趾上，据说是辟邪。

还有端午节的采摘野生的艾叶。七里河边的树林子不缺这些，家家都随手采一把挂在门前，风干后丢掉。据说是防虫，主要是防蚊子、苍蝇、蛇进屋。

小时候和现在的物质丰裕程度没法比。现在未到端午，超市里的粽子已经上市，种类繁多，口味齐全，口感超好。

凡事皆有两面性。日子好了，天天过节似的，平常想吃什么就有什么，搞得营养过剩，对好吃的都麻木了，再也找不到小时候过节时的惊喜了。

老妈趣事

俗话说"老换小"，八十岁的老妈就算是个小朋友，来说说她的趣事，开怀一笑。

捧角，这场景我只在电影里看过，是那些多金的富人的事儿，与穷人无关。没想到，有一天能和我妈联系上，我农民一生的老妈妈呀，想不到……

故事的发生地位于小西关老戏园子里。舞台上正上演的豫剧，男女主角开了脸，着戏服披红穿绿，你来我往，说唱到热闹处，坐在第一排的我妈戴着1200度老花镜，一只手挂着一根红木拐杖，慢慢起身走向舞台，另一只手从贴身衣兜里掏出十元钱，放在舞台边上，慢慢退回自己的座位上。这一下，台下掌声哗哗地响起来，当然，都是些老头老太太在看戏。

那唱戏的一看好激动啊：电影里捧角的场景竟然在眼前发生了，还有人捧咱们这野班子的？定定神，一边一个对着老妈鞠躬。演员立即改词。女的："奴家这厢有礼了。这位老太太一看就是大富大贵之人。"男的："小生这厢有礼了。这位老人家一看就是大慈大悲之人"配合台词，锣鼓敲得震耳，台下的掌声也更热烈。我妈更是陶醉在幸福的氛围中，戏园子里一团喜气。

老妈从这里找到了自信，找到了乐趣。只要小西关戏院开唱，不管刮风下雨，我妈就稳居第一排的中间。捧角的一幕是必不可少的，发展到后来，演员上台先给我妈鞠一躬，感谢我妈。

老妈平时很节约的，就是在捧角上，没心疼这些碎银子。我妈算不算"小资"？

老妈的"小资"似乎有据可查。老妈从小在老河口市长大，在半新半旧的学堂里，念过四年书，在旧社会几乎算上识文断字的人。外爷早早病逝，外婆死于入侵的日本枪口下。成年后堂姐做主，远嫁给在河口做生意的河南籍父亲，土改随父亲来到河南邓州落户，务农种地，一生辛苦。

好在老境不错，儿女孝顺，兜里不缺钱花。属于大钱没有，小钱不断型的。

妈的眼睛很弱，青光眼加白内障，动过三次手术，视力很差，看不清对面的人脸。只能根据声音判断来人是谁。奇怪的是，她认钱认得很清楚，纸币的面额从来没有弄错过。老妈是个要强的人，自己需要什么东西总是自己上街去买。我们都担心她眼色不好，一旦摔跤就麻烦了。现在的社会风气，扶不扶是全社会的疑问。我们当然担心。好在没出现过这种情况。

老妈没事喜欢一个人上街转转。但是却被一个疑似的熟人骗走了五十元钱。那一天，老妈又自己上街，走到离我家百米的街边，一个中年妇女热情和她打招呼：你闺女上班了？老妈赶紧回答：是哩。对方接着说：你一个人出来，走路小心点。妈很感谢对方的关心。对方赶快上来搀扶着她的胳膊走了一段路后，指着路边的小店说：大娘啊，我在这一家店里买的衣服少带了钱，你先借给我五十元，一会儿回去还你。老妈以为是我家的邻居，已经在心里把她当亲人了，毫不犹豫地借给了那个妇女。该妇女拿了钱，转身就走了，妈也没发现，我妈也根本看不清对方的长相。这时我妈才明白被骗了。好在只有五十元，数目不大。从此后，精明的老妈出门只带小面额的人民币，奉为防骗大法。

　　还有一次，妈在街上走，一个妇女（尚不确定是不是上次骗她的妇女）热情地拉着她走到饭馆，要请她吃饺子。有了上次的被骗经历，老妈保持高度警惕：坚决不受吃请，坚持自己掏钱吃饺子。老妈脑子不糊涂，说话有条理，而且声音大。在公共场合，面对着老妈高腔大嗓的拒绝，那妇女没办法，自己走了。老妈也没有被骗走什么。回来后，老妈受到大家的一致表扬。

　　前天，老妈想找城西的一个中医看过敏症状，自己准备坐公交车去。可是，在街边等了很长时间又回来了，说公交不仅拒载她，售票员还骂了她。我听了很惊讶：人们不至于这样对待一个无辜的老人吧！我宁愿是我妈听错了！看她失落的表情，我也很难过。可能公交车害怕年老人有什么闪失，说不清被讹上，但也不至于骂呀！你可以绕过她算了。都说耳聋的人奇怪，（妈的听力有一定的障碍）但对于别人骂她的话却听得特别清楚。

　　以后尽量陪着老人上街，别让老妈一个人再尴尬了。

老 妈

母亲节那几天，微信里，博客上，论坛中，各种抒情，各种催泪，文字炸弹对我们的泪腺进行大破坏。我偏不跟风、偏不矫情，我只陪我妈说话吃饭散步谈往事。

母亲节中午下班，我骑着摩托找她。刚好她从公园里散步出来，准备穿过马路。由于车来车往，车速较高，妈站在马路中间好长一会儿没敢走动。我停下摩托，上前搀扶住她。亮晃晃的阳光照射下，妈视力很差，看不清我是谁，大声问：你是谁？我响亮的回答：雷锋！

妈笑了。路边两个陌生的小伙子更是笑得前仰后合。

饭后，坐下喝茶，开始听我妈讲那过去的故事。一个经典的老家故事被我妈讲了不止十次，往往是我妈开始讲故事的开头，我接着把结尾翻出来，打造成一个填空题，我穿插着提问，她回忆回忆中间的人物姓名和地点过程。这样一问一答，耗去了大部分时间。我的提问有重点，妈的答案正确率百分之百，现场有互动，有笑声，气氛融洽，谈话轻松愉快。

妈太喜欢吃甜的了，可能是摄糖过多，化验是糖尿病，所以我们平时提醒她注意饮食，不能吃甜的。这可难为了她。在医院的病房里，有亲戚探视，拎来一大包水果。妈坐在床头输液，趁我们不备，伸手拿了一个香蕉马上就吃起来，等我们看见，也只好笑了。因为香蕉含糖很高的。她那么大年纪了，因病被我们管得严，太馋了。真的是老变小啊。

妈现在瘦多了，时间一点点在风干她的活力水分。

妈过生日，我们围桌而坐，蛋糕上点亮蜡烛，她却没了力气一口气吹灭，大家帮助下才共同完成这个节目。她确实是老了。连说话的声音也比生病前低了好多。曾经，她的高腔大嗓带给我们多少成长中的记忆，尽管有时是批评，更多的是关心温暖和欢笑。

闲时，挨着她坐，有一句没一句地陪她说话，搂着她的肩膀，摩挲着她的脊背，有一种深深的怜悯：妈老成这样了，真不可思议呀。几十年的时间是怎么流走的？想象中的妈是永远强大的，永远是我的温暖港湾。受委屈时，喊一声妈，哭出两眼泪，妈赶快安慰劝解，一会儿就破涕为笑，啥事没有了。现在的妈却老得需要我们像对待小孩一样照顾了。

妈年轻时倔强自尊，老了还是不愿给子女添麻烦。

我妈没事了就想家。有一次又说想家了，执意要一个人回家。我问：家里没人住了，想啥？她说：想老家的房子了。我说：咱家的房子破旧，有啥想的？她说她就是想那个破房子，住了一辈子了，有感情。

是啊，那个老房子是她和父亲盖起来的，里面盛满了回忆，盛满了她一生的时光。在这里，她艰难养大自己的五个孩子，全部送出农村。十七岁和父亲结婚到此，最宝贵的年华就一点点消磨、消失，老房子见证，村头的大树见证，村边的辘轳老井见证，泥泞的土路见证，她的皱纹和白发见证。

有妈在的地方，就是家。

老家的四邻均已搬走，任由无人居住的老房子坍塌破败下去，

172

野草覆盖路径，长满了曾经的庭院内外。幼年时候邻居家的几棵大枣树都干枯了，沧桑的枝杈裸露着，令人想起沙漠中的胡杨，冷峻孤独，在杂草丛生的村落里，找到它们最终的归宿。

　　一个人最终是孤独的。妈说每个人都要老，老了都是这样。妈平静地接受衰老，不怨人，不屈己，真好。

新年里的旧事儿

　　新年了，在孩子们的眼里，一切都是新的。新的对联、新的衣服、新的玩具、平日里难得见面的亲戚登门相聚，带来了新的面孔。所有的新，像随手翻开的扑克牌，每一张都是崭新的希望，不定哪一张有重组顺子的可能，抑或，合成"炸弹"的惊喜。

　　但在大人们的眼睛里，除了时间是新的，必须的亲戚客套往来外，其他没什么不一样的。新衣服，不再有惊喜的诱惑，只要愿意，一年中里哪个日子都可以穿上，不再是春节里必须的服饰。

　　只有压岁钱的习俗彻底顺延下来，而且被成百千倍地扩大。也许，物质生活的进步带来的必然，现在的压岁钱来得快而直接。这两年干脆以微信红包代替，数额往往不小，最少也是一百元的。小时候的压岁钱很少，一毛、两毛、五毛的都有，一块钱的极少。初一给奶奶磕头，能得到两毛崭新的压岁钱。那时的亲戚大都是农村的，穷困是共同的特征。偶然得到一元的压岁钱，能炫耀几天，舍不得花掉。记得有一年大伯从老河口回来，每人发给我们两元，高兴极了，拿在手里，有意无意地在小伙伴前炫耀，结果不知怎么就给弄丢了，心疼得大哭。

　　每年的春节初二，舅爷家是必走的亲戚。奶奶有四个弟弟，只有四舅爷家最穷。年前，四舅爷总是到我家来，我奶奶总会把攒的零花钱送给最小的弟弟。可想而知，四个舅爷家每年给我们封的压岁钱，只有四舅爷家是最少的一毛，其他三个舅爷家均是两毛钱。小时候最烦的是舅爷家给的压岁钱都是破破烂烂的，不好看也不好保存。现在想来，对于全家务农的他们，那时的一毛钱可以买十三个糖块，一毛钱也挣得多么不容易！

那年的大年初二，大姐带着我们姊妹五个，二姐、二哥、我，包括三叔的女儿那时也放在老家，比我大了一岁，她七岁，我六岁。记得是个薄雪还未完全消融的大清早，天还冷着，姊妹五个都穿着新衣服，我和小堂姐还戴着毛线钩织的花帽子，高高兴兴带着礼物步行去离家十里地的舅爷家走亲戚。开始上路，大姐决定带我们一起到张村街上的一个国营照相馆照相，刚好也顺路，经过街上。一路上叽叽喳喳讨论怎样照相，不能眨眼，还要微笑，连怎么站位置都讨论好了。结果，那家国营照相馆关着门，放假了。只好遗憾地走过。这么多年来，一提起那年未遂的拍照合影，没有留下我们小时候的影像，都是遗憾满满。

不过，大家还是兴高采烈地赶往舅爷家。一般情况，我们五个人会被各家分别叫走吃饭。我和堂姐太小，三个大的走路上说话间就开始给我俩小的洗脑下套，说四舅爷家菜最好吃，也待人最亲热，吃了饭还有糖块吃。我和堂姐听得心花怒放，拉着手说要到四舅爷家里吃饭，别的舅爷家再叫也不去。说到做到，到了舅爷村里，我和堂姐一屁股坐到四舅爷家的破屋里，任别人再叫也不走了，等着四舅爷好吃好喝端出来。

因为四舅爷家特别穷，每年饭菜最差，但是待人倒是很亲热。其他的几个舅爷家也唯恐亏待了我们，一般不让我们在四舅爷家吃饭。但是那一天，我和堂姐像钉子一样钉在他家，四舅奶奶只好把她珍藏的过年食物拿出来，饺子居然发酸，没肉；油炸的食品只有豆腐，难吃；饭后根本没有所谓的糖块。直到这时，我俩都明白上当了，被几个大的捉弄了，也只好将就吃了顿饭。走时，四舅爷给了我们每人一毛皱巴巴的压岁钱。

出了村子，捉弄我们的大姐、二姐、二哥笑着走着，被捉弄的堂姐和我也只好走着笑着。印象深刻啊，若非这个有趣的故事，谁也记不住那年的旧事儿了。

下雪了

今年冬天是暖冬，进入三九，居然艳阳高照。且不说空气干燥，脱衣便能听到啪啪响的静电吸附声音，单说中原地带的冬小麦，迫切需要水分的滋养，和相随而至的寒冷来消灭虫害。

由此，盼望一场雪，盼望一场覆盖万物的大雪。

真的下雪了！在漫天飞舞的雪花中，感受冬天实实在在的冷，呼吸清新的寒凉空气，有抑制不住的新鲜和欢欣。潜意识里中原地带的冬天就该是这样！就像一个约定俗成的流年水席，不可或缺的一道老菜，没有了它会怅然若失。

晚上，下雪的夜晚大地一片寂静，雪渐渐下得紧了，雪花变成了小雪籽状，落得更急切了，发出细微的簌簌声。借着夜晚的低温，白雪不再融化，累积渐成片片雪白。沿路开车，两边的田地渐渐变白，麦苗被慢慢覆盖。想起小时候的课本里农事启蒙：麦盖三双被，头枕馍馍睡。那时起才知道冬雪对于小麦生长的必要性：它关系着农民来年的收成。

面对着久盼始至的大雪，晚上兴奋得睡不着，不时到窗边看，只希望下得更大一些。如果不是犯懒，就要到外边的麦地里跑跑才尽兴。想起十年前还有的兴致：在冬雪夜晚，一行人牵着狗，在麦地里疯狂撵兔子的高兴情景。只好感叹：现在老矣！是心老，没那个心情了。

在温暖的空调房间入睡，恍若回到了欢快的雪落童年。一夜无梦。

早起，开窗望远，看到了错错落落的白，最先想到的仍是麦子。也说句矫情的话（因为这句通常是落马的高官用来忏悔的开头）：我是农民的女儿，出身贫穷，对麦子有一种天然的亲近。看到雪，马上与来年的麦子丰收联系到了一起。不知为什么，突然间想起少年时的一个故事，其实不是故事，是个与麦子有关的悲哀的实事儿：那一年麦子不记得是否丰收，交粮是必须的。七十年代生人还是记得的。一家的父亲和儿子用架子车拉着麦子到街上的粮管所交粮，上交之后收到粮管所给开的一张收据或白条。这张收据再交给自己所在的村组，算是凭据。父亲把收据交给儿子保管，儿子却不慎丢失了，父子午饭也没吃，到处找寻，没人承认和归还。无奈的父子只好回家。一路上，伤心、愤怒的父亲对儿子责骂不断，还不时捡起路边的石头砸儿子，儿子和父亲一路哭着回到了家。父亲的痛苦也可以理解：那一车粮食，是一年的一半收入，饱含一家人的血汗。这个可怜的少年在回家的当晚，带着满身伤痕，上吊自杀。父亲的肠子都要悔断了，一病不起。

故事父子，是邻居的亲戚。从她那里听来时，只感到一种莫名的悲哀。贫穷，加深了悲哀的阴影。父亲的处理不当，造成了少年之殇。贫朴的少年，夭折在乡野，无人能识穷困的无奈。三十年后的一个雪晨，突然想起这个故事，设想当时少年的无助、恐惧、自责，只觉得喉咙哽咽。

好了，下雪了。

知道一场雪过后，会有一个绿意萌动的春天。他们说：春天是属于青春的。中年的春天已经丧失了心跳，四季如此平静，温室内日月无差别。我却认为，春天不过是植物们的编年史。平静地接受春天，就像我们有一天要平静地接受迟暮以及残冬。天道自然，生生死死，秋枯春荣。

　　下雪了，如果你喜欢雪，就敞开心怀，到雪里感受世界吧。雪是沉闷冬天的亮色，蕴含着来年的希望，也预示着丰收的欢乐。

童谣声里话新年

小孩小孩你别馋，
过了腊八就是年，
腊八粥，喝几天，
沥沥拉拉二十三。
二十三，炕火烧；
二十四，扫房子；
二十五，炸豆腐；
二十六，炖羊肉；
二十七，宰公鸡；
二十八，把面发；
二十九，蒸馒头；
三十晚上闹一宿；
大年初一扭一扭！

童谣声声脆，年越来越近了……

这样的童谣，总使我眼前涌出一群穿着棉布做成的袄子棉裤的孩子，他们有着北方红红的脸膛，在呵气成冰的室外疯跑，嗷嗷地叫着闹着，偶有一两个特别脏的孩子，挂着擦不净的鼻涕跟在后边。他们用最便宜的玩具，玩着最认真的最原始的游戏，推铁环、打木转、丢沙包、占"山头"、捉迷藏……他们是最快乐的孩子，以风为马，在大地上驰骋。

在成长的童年时期，最企盼过年。那时节，对联、炮仗、新衣、饺子，亲属往来……这些构成了浓浓的新年氛围，在这样迷醉的烟火红尘中，小孩子爱热闹的天性得以张扬，高兴地沉浸其中。仿佛人生就是一场连连的狂欢，新年是过不完的亲戚相聚，礼尚往复，身上的新衣断不肯脱下。一经脱下，便是来年的春天了，怅然若失。

传统年画里的孩子总是白白胖胖，手提红灯笼，梳着可爱的发髻，那是大人心目中最好的孩子形象，干净饱满胖乎乎的。童谣最适合这样的孩子唱出。精瘦弱小的孩子感觉上没有敦实憨厚的孩子可爱。其实这也寄托了对孩子的健康幸福的期望。

童谣里的新年更带着孩子的天真，怎么看，它都是与嘴馋的"吃"字有关。在食物匮乏的年代，"吃"放在生存的第一位，孩子的童谣从哪里来？自然是大人们编唱的。其实，那还是大人们的意思，大人们的寄托。

进入腊月，第一个节日就是腊八节，初八的中午会有一顿丰盛的粥饭，传说中最少用八种食物熬成香浓的粥饭，一家人围桌而坐食用。这是年的前站，人们开始有了年的意识。

半月之后，是阴历的二十三，民间俗称"小年"，晚上炕火烧吃，相对于初一的"大年"而言，算是跨进了年的门槛。接踵而至的就是准备各和好吃的，几乎没有闲着的天儿。且看，除了二十四是打扫卫生的日子外，其余的都是在准备食材。看起来都是十足的吃货啊。

农村里杀猪的场面记忆犹新。一口大铁锅支在一个大空地上，开始烧开水，那是准备褪猪毛用的。几个年轻力壮的按住大肥猪，杀！猪的嚎叫响彻半个村庄……总之很血腥的场面，胆小的孩子被吓得暂时躲开。褪去猪毛后，一堆白花花的猪肉被挂在大树上的铁钩上，各家开始分割购买。平时看起来长着黑毛的脏乎乎的猪，竟然皮肤变得这么白，真不敢相信。想起来现在的一个段子：小东关收拾得干干净净的猪头，挂在架上，像一张张刚做过美容的脸。呵呵。

杀猪过年，是农村里难得的能吃到一点肉的时间，那肉可真是香啊！

还有二十九蒸馒头。太喜欢那些白白胖胖的枣卷馍了！灶火熄灭，揭开蒸笼一个个拿出，放在宽大的面板上凉一凉。迫不及待地拿起一个，一层层的有筋道的面剥开吃后，香甜的两个大枣子露出，再小心地吃，小口地品味。

还记得小时候，刚刚进入深秋，晚饭之后，随着大人坐在院子里，看满天繁星数日子，急切地追问奶奶：还有多少天才能过年？在童年看来，三个月是多么漫长的日子，距离过年是掰着指头怎么也数不完的日子。在我连连的懊恼声中，白发的奶奶在一旁呵呵笑。

日子是催不快的啊！那些缓慢来到的新年给孩子们蓄积了满满的喜悦，可以疯玩海吃，可以长高长壮。日子也是拖不慢的啊，每一年都要收割一茬庄稼，奶奶说那是万物的轮回，春天的庄稼就会活过来了。

大人在对未来的期望中，就是看到自己的孩子又长大一岁，长高了一截儿。对年老的惶恐被孩子的成长喜悦推开。我们的新年就是站在这样交织的情绪中，不急不缓到来。

尘世的风烟聚了又散，年年的童谣去了又来。相似的童谣声声，不同的面孔变换。我们在童谣声中长大变老了，我们的孩子也在童谣里长大了。不绝于耳的童谣依然会定时响起，唱响一年又一年。

第四辑

书中有玉

对贫穷强大的忍耐力

昨天看了著名女作家方方的中篇小说《涂自强的个人悲伤》中，深切地被感动，或说是震撼，遂又想起了一句诗：仰望或低首，都有对贫穷强大的忍耐力。

故事的主角涂自强，是一个姓涂名自强的年轻男青年，经受贫困的求学经历，父母和自己节衣缩食，终于考上二类大学。当时的他和家人甚至村子里的所有人都对他的未来充满了憧憬，想象中他终于能和别人站在一个起跑线上了，他也心怀喜悦。但是他错了，他的未来依然残酷。正像他的名字一样，他努力、自强、乐观、上进，甚至对一切感恩，对于周围的善意接受并感恩，没有对现实不满，没有牢骚，也绝对没有敌视，只是像蚂蚁一样，在自己有限的世界里打转奔波，为温饱而卑微地活着。

他出生在山里的特困人家，因为贫穷而衍生出的一连串不幸，看似偶然，实则都有必然性。刚成年的姐姐走出山窝打工从此无消息，家里无钱寻找。哥哥到煤窑打工惨死，却未得到赔偿。同胞三个只剩下涂自强一人，父母把所有希望寄托在他身上。在他自己的努力下，终于考上了大学，应该是皆大欢喜的，但是，另一种悲剧也拉开了。在这个舞台上，涂自强是主角，他只是埋头在努力向上向前，在他的信念里，一定有未来的美好，一定是相信努力就会成功的信条。

从上大学报到，涂自强开始了他一个人的艰苦路程。他背着被子衣服，一路步行，一路帮小工，挣得学费，省下路费，省下了饭钱。到校后，开始勤工俭学，在学生灶上帮厨打饭。他感叹这样的日子是他出生以来吃得最好的日子。

都说大学是盛产浪漫爱情的地方。但那是很久以前的事儿了，物质主义的时代，这样的穷困好青年，他的爱情依然而且必然会夭折。涂自强并非只是吃饱肚子，埋头读书，也有春心萌动的时候，他朦胧喜欢的对象就是和他出身一样贫穷的山里女孩，一样在帮厨的同年级同学，二人有太多的共同语言，并暗生情愫。可惜美好敌不过现实，两年之后，那个女孩坐在接她的轿车里走了，再也没有回到过帮厨的后灶，只是在临走时回头看了他一眼。

他是宿舍里最努力的一个，也是最贫穷的一个。但他坦然接受自己的现状，并尽力改变。于是，他兼职打杂，勤工俭学，省吃俭用，别人淘汰赠送的物件他坦然接受。别人对于贫穷的嘲弄或善意的玩笑他一笑了之。对于别人的帮助，怀着一颗感恩的心，可以说，他是个心态很好的孩子。涂自强，他真正做到了自立自强。

对于贫穷，他有强大的忍耐力。

命运却远远没有放过这个好青年。

面临考研的关键几天，他父亲因为家乡修路强拆想不开自杀，家里只剩下孤苦无依的母亲，亲情的无条件反应，他回家安排了父亲的后事，却错过了考研的时间。他带着母亲回到城市，过着最疲惫的生活，为一块钱精打细算，他忙得没有时间埋怨命运，只有埋头奔波。偶然在时间的缝隙里，传来他的好多同学的就业消息，原来功课不如他的因为家境或关系都有了好的去处，有的出国，有的在银行拿年薪，有的开公司，有的利用权力谋得好位置，有的想利用一张帅脸找到好的婚姻改变命运，且收入都大大高于他。而他东奔西走，却只能够温饱，依然在生活的夹缝里卑微生存。

对此，他没有自怨自艾，只是想到"地势使然"，因为地势的不同，水流不同。一个人无法选择自己的出生。贫穷也许是自己的原罪。

涂自强最终没有走到他想要的生活——其实只能算是一个一般的城市工薪族的安定生活，他的生命之火就临近熄灭。癌症切入了他的生命。临走之前，他安顿好了孤苦无依的母亲到寺院帮工容身。（救赎难道真的需要最终依靠宗教？）

方方用了她一贯的语言风格，平静地叙述，冷静放任人物自身的命运走向。站在旁观者的角度，却能产生心碎一般的疼痛。她的语言越平静，读者的眼泪越汹涌。

涂自强的面目是模糊的，他代表了一个阶层或一个小的群体的卑微的人生。他们从未松懈，一直艰苦努力，却从未得到。贫穷难道真的是原罪？

涂自强只是作家方方塑造的一个文学形象，在他身上集中了诸多的悲剧元素，都与贫穷有关。他有着中国传统的吃苦耐劳，宽容孝顺，勤俭厚道等品质，对贫穷有着强大的忍耐力。但是个人的小命运紧紧依附于时代的大运势。毋庸讳言，这个物质主义盛行的时代存在这样那样的不平等，有的并非是你努力就会得到，别人可能不需努力，一切就水到渠成。涂自强的命运，即是大时代混合下的小悲剧：贫穷几乎是原罪。

涂自强的悲伤显然不是他个人的悲伤，这是一个时代的伤口，也许是人类社会制度建立以来的无法根治的现象，除非实现了共产主义，但那是很久以后的前景，短期内不可能消除。

但我依然欣赏小人物不屈的努力，千千万万个涂自强在自尊自强地活着，他们构成了这个时代的主力军，如蚂蚁般的人生也有卑微的分量。他们是推动社会进步的强大动力。他们对贫穷的强大忍耐力，能转化为对美好生活的强大推动力。有了这样的努力，社会才会越来越好。

爱的不等式

  从烟雨空蒙、轻云缭绕的神仙清修生活，到凡俗烟火、漏鼓滴断岁月的红尘，白娘子为追随爱情，一路跌宕起伏，不惜违反天条，与僧道斗法，与人斗智，最后却被不设防的爱人许仙亲手收进钵盂，镇于雷峰塔下。旁观的后人都会在心里为她不值：不要啊，前面是一场令你灰飞烟灭的法事！但是，义无反顾的她，还是飞蛾扑火般迎了上去。这一腔惊天动地的爱情，这一份不管不顾的勇气，留下了一段喧腾人间的传奇。

  白娘子的爱情，是一道爱的不等式。他和许仙在两边，可惜却不是对等的爱，她的爱明显浓得多，也重得多，所以会失衡失重，结果啊，坠落受伤的必然是她。

  这个民间故事来自于明代冯梦龙之《警世通言》篇。看了原作《白娘子永镇雷峰塔》之后，才知道后人在戏剧舞台或现代的电影电视中，将白娘子与许仙的故事演绎得曲折动人，但结局基本还是遵循了原来最初的版本，即多情的白娘子被法力压镇在雷峰塔下，千年万载，不得出世。估计是后人不忍心面对冰冷的现实，才把结局略作改变，原本是许仙手执钵盂，亲手收进了白娘子。改成了游僧法海，平白将观众的愤恨转移到了那个多事的和尚身上。

  曾看到一个拆字游戏："婚"，解做"一个女子昏了头"。从故事叙述文字里可以看出，白娘子是一个爱情至上者，她想要的就是幸福的爱情生活，不过是一个爱得昏了头的女子。从最初的相逢相识，到结局的悲哀分离，中间为捍卫爱情，纵有百般辛苦和误解，白娘子始终没有怨言。

故事从西湖的一只游船上开始。

一个青春正好的后生，在清明节的连绵细雨中，没有带伞，"那阵雨下的绵绵不绝。许仙脱下新鞋袜，走出四圣观来寻船"。这时的许仙，比较狼狈，居然是光着脚的。他站到船上，白娘子出现了。这是和白娘子第一次偶遇机会。二人先是寒暄几句，拉家常，谈话之间，已经考察了许仙。"那许仙平生是个老实之人，见了此等如花似玉的美妇人，不免动念。"下船后，许仙借了一把伞，二人共撑这把油纸伞，雨中漫步一段路，然后把伞借给了白娘子，相约明天自己去取。

在徐克导演的电影《青蛇》中，他运用一把八十四骨的紫竹伞做道具，成功演绎二人雨中初遇的片段：柳芽初绽的江南烟雨，杭州西湖湖面，细雨斜风中，船头并立一对貌若神仙、衣袂飘飘的男女，各用一只手共执伞柄，四目勾连，温语软言，推让之间，船体偶然颠簸，那白娘子作势欲倒，许仙紧紧扶住，舍不得撒手。背景音乐和对白是用了南派戏曲。紫竹伞下的注视，这样的一派绵绵爱意，大概在白娘子过往的清修生活中，不曾经历。因为没有爱过，就一下子不可救药地爱上了许仙。

其实，许仙不过是一个相当凡俗的男人。他是一个父母双亡，晚上借宿在姐姐家，白天在表叔家卖中药的伙计，下雨心疼鞋袜还要光着脚的穷小子。按现在的标准，实在不符合女孩子们的择偶标准，一个打工仔，无房无车无存款。大概他所拥有的，不过是正好的青春。但是，对白娘子来说，爱情盲目性不在于此。他是她在人世间遇到的第一个心动的男人。正如汤显祖在《牡丹亭》中的描述：情不知所起，一往而深。白娘子为爱情，生生死死，在所不惜。

从一开始的相识，白娘子就是以专注的爱情为目的，即成亲。为了办理结婚事宜，运用法术，凭空位移，搬运来的银子赠予许仙白银五十两。既是天仙般的美人资助，得财又得色，许仙乐得享用。当时的许仙，肯定窃喜。后来择个良辰吉日，二人拜堂成亲。正是："欢愉嫌夜短，寂寞恨更长"，白娘子以为从此过上了童话里的幸福生活。

但是，婚姻的曲折令人无法掌控。即便是有本领如此的白娘子。

许仙对白娘子的来历不是不存疑，但他并未和她划清界限，还是照样享受美色，同时享用她带来的钱财。夫唱妇随，朝欢暮乐。"日逐盘缠，都是白娘子将出来用度。"用现在的眼光看，白娘子因为爱，甘心情愿养着他，也原谅他一次次带来的伤害。但许仙对待她，却是一个机会主义者的态度。

在资助许仙银子的出处有了问题，受到追查时，许仙为洗脱自己，把责任全推给白娘子。经历此事，许仙已知白娘子非正常人类。但他还是照样和她做夫妻，温存的片刻，他不会嫌弃她的爱情付出。在承天寺凑热闹看卧佛时，一个云游的终南山道士给了他二道符，说他有妖怪缠住，让他晚上三更时烧符压镇她，他果然照做。这样的举动，白娘子识破，却只是助他把符烧化，让他看到自己没有什么变化，没有什么样的现形之类发生。最后只是悠悠叹了口气："你和我多时夫妻，却信别人言语"。许仙忙辩解："不干我事，卧佛寺前一云游和尚说你是妖怪"。

为改变许仙的贫困生活，白娘子支持许仙开药店，自己做老板。因白娘子的相助，生意一天好似一天，正所谓幸福日子比蜜甜。七月七日，许仙到金山寺烧香，遇到法海。白娘子的噩梦开始了。

外力法海的介入，直接导致了白娘子被镇塔下的悲剧。其实从根本上是许仙爱的动摇和不彻底造成。

且看后来，许仙接收法海赠予的收治白娘子的钵盂，按照法海的指示使用。回家后"趁着不注意，从背后悄悄地往白娘子头上一罩，用尽平生力气纳住。不敢松手，紧紧地按住。"钵盂内的白娘子哀求："和你数载夫妻，好没一些儿人情。略放一放！"许仙不放，法海进来，逼她恢复原形。也许在爱人面前，白娘子不肯，只是哀求。法海将白娘子打回了原形：三尺长的一条白蛇，仍然"兀自昂头看着许仙"。这样的情景，叫人好生悲悯，好心酸！一条修炼千年的半神没有人能轻易地打败，打败她的是她最爱的人。

故事从头到尾，不见白娘子伤害过任何生灵。只是在受到欺压或逼迫时，背着许仙现出原形，也只是吓唬吓唬别人，并未真正害过人。至于后来演绎的水漫金山寺，水淹杭州城，只是现代人的再创作加工。白娘子有的，只是对许仙的爱与包容，爱与付出。

白蛇被收进钵盂，法海封了钵盂口，拿到雷锋寺前，令人搬砖运石，砌成一塔。也许担心塔不够高，镇不牢白蛇，后来许仙化缘，砌成了七层宝塔。千年万载，令白蛇永无出来之日。

白娘子的爱太浓烈，太沉重。放弃修行，甘做凡俗的夫妻。她的担当和不顾一切害了自己，她最终必然在自己的情感里沦陷。她不入地狱，谁入地狱？

许仙的爱不敢担当，太单薄，经不住外界的一点怀疑波折。所以到最后他"披剃为僧，修行数年，一夕坐化去了"寻求解脱，麻痹自己，是这个可恨可怜之人的最好结果。

近代的作家张爱玲有一句话：爱就是不问值得不值得。这也许可以稍稍平复我们的情绪。爱的天平两边从来不会对等。爱就是一道无解的不等式。

围城之惑　两个人的寂寞和烟火

　　自钱钟书的《围城》面世以来，婚姻如围城，几乎是约定俗成的称谓了。钱钟书借着《围城》小说里人物的对话说明了名字和寓意的由来：结婚如同被围困的城堡，城外的人想冲进去，城里的人想逃出去。作品的背景反映的虽然是 20 世纪 30 年代，但那种细腻的人物刻画、心理描摹、语言对白浑然成趣。不管时代在怎样变化，人们的基本需求还是一样，对感情婚姻家庭的要求无不受到中国传统文化的影响。《围城》的文笔和寓意，在今天读来，仍会不时博得读者会心一笑。

　　《围城》名字的寓意就来源于法国：婚姻相当于围困的城堡，城外的人想冲进去，城里的人想逃出来。前半部写的是"城外"时光，几个未婚青年犹疑的、欲说还休的情愫，略含醋意却掩盖在彬彬有礼的语言下，不乏对婚姻的理想；后半部写"城内"生活，细致地描述了职业男女相敬如宾却饶舌争执、烦恼现实的婚姻。闲暇时再读小说《围城》，依然会被钱钟书的细腻幽默的对白场景和心理描写打动，更多的时候是会心一笑。

　　书中反映的时代是 20 世纪 30 年代的情景，中国大部分地方以农耕文明为主，西方的现代文明之风吹来，东西方文明的碰撞，首先是这一少数留学欧洲的知识分子个人意识觉醒，对自身生活方式的认真审视，特别是对旧式婚姻制度和新式婚姻的对比效仿追逐。既不能彻底摆脱旧式的传统影子，也做不到西方的洒脱，所以，纠结、彷徨、沦陷是必然的情绪过程。

如今虽然物质生存环境变化巨大，人性这个基本的属性几乎还是那样。真诚、忠厚、礼仪还是受到尊重和推崇，自私尖酸虚伪的人照样存在。并非婚姻最可怕，围城内外，有人的地方就是江湖，人性的本质决定了到处都会有各种的冲突存在。小的冲突，小的细节，它们表面上看是扎伤人的小刺，从长远看，恰恰是生活中的开出的温暖之花，不芬芳，也不惊艳，像是房前屋后随意种植的指甲花，有染红指甲的打扮作用，也有活血化瘀的实际功效。

《围城》里小说人物的困惑，是所有现代人的困惑。凡俗的幸福，也不过就是婚姻幸福安稳。围城之外，看似天马行空的自由，隔着心理的距离，实有一个人的清冷寂寞。进入城内，两个人结伴前行，繁杂的烟火红尘里，难分彼此，交错环绕的贴近，才可以相互依偎取暖。

方鸿渐和苏文纨是一船归国的未婚留学生，孤男寡女，大体上也般配。可是，方鸿渐把"爱"字看得太尊贵和严重，不肯随便应用在女人身上；苏文纨也算是大家闺秀，虽受到西方文化熏陶，但中国的传统影响更大。高处不胜寒。在那个年代，出国留过洋的女子少之又少。她喜欢他，却只敢躲在外语的话中，和方鸿渐委婉暗示。但是，爱情是不讲道理的，方鸿渐却不爱苏文纨这样类型的，她爱上了苏的表妹唐晓芙，爱她的漂亮、活泼、聪明。方鸿渐的另一朋友赵辛楣豪气仗义、才情俱佳，从小就喜欢苏文纨，而且和苏家是世交，可惜苏就是对他不来电。爱情兜兜转转，阴差阳错，在各自的寻觅中流逝。到最后的婚姻，都不是最初的那一个。

"人生若只如初见，何事秋风悲画扇"，这是词人纳兰容若的名句。如果那人一直保持着初见之时的美好，该有多好！但那又如何？现实的棱角粗糙磨砺，各自伤痕累累。且看方鸿渐在和孙柔佳结婚以后而发的感慨："现在想想结婚以前把恋爱看得那样郑重，真是幼稚。老实说，不管你跟谁结婚，结婚以后，你总发现你娶的不是原来的人，换了另外一个。早知道这样，结婚以前的那种追求、恋爱等等，全可以省掉。"尽管如此争执，烦琐，生活还是要继续，婚姻的绳子已经把二人紧紧地绑在一起。

　　城外城内，不一样的寂寞。城外虽自由，却无归宿感，独自漂泊时久，必然羡慕那些安稳静好的婚姻。要不然，怎会有那么多得痴情男女故事。须知，男女的成熟都是从婚姻开始的。家庭是女人一生的事业；婚姻是男人事业的根基。

　　方鸿渐、苏文纨、赵辛楣等一干人的寂寞和追求，是所有未婚青年的共通情感。马尔克斯在《百年孤独》里的名句："过去都是假的，回忆是一条没有尽头的路，以往的一切春天都无法复原，即使最狂乱且坚韧的爱情，归根结底也不过是一种瞬息即逝的现实，唯有孤独永恒。""生命中曾经有过的所有灿烂，原来终究，都需要用寂寞来偿还。"

　　当代女作家池莉近作短篇小说《她的城》，就是写了两个女人各自别样的婚姻。看似天造地设的一对般配，在外人眼里平静幸福的家庭生活，却因丈夫的同性恋倾向，而冷淡沉默。这样的围困着的城堡，该不该冲出去？小说没有给出答案。只是给读者呈现出：婚姻不只是两个人的事儿。原以为现代人够开放，实则还是受到各种观念的深深束缚。果真是城堡深深，寂寞深深！这样的婚姻使得两个男女的寂寞更深。

　　人生的寂寞太深，所以要打破清冷，要用我们的红尘烟火，用我们的凡俗吵闹，来温暖每一个真实的日子，唯其真实，才能感受细节中的幸福。

方鸿渐和孙柔嘉的婚后生活，占了小说的很大篇幅。这样烦恼的家庭人际关系，得之不易的养家糊口的工作机会，使人生的烦恼陡然增加许多。斗口饶舌，明枪暗箭，一个又一个的矛盾冲突，最后都化解于无形。生活还要继续，这是最实际，也是最无奈的现实。因为对方是最亲近的、和自己利益最一致的人，不是和自己不相干的路人，可以和对方理论得黑白分明。想来，这也算是另一种温暖吧！

爱情和婚姻是文学里永不衰落的主题。爱情的起起落落、婚姻的分分合合推动一个个故事情节的发展，成就一个个深入人心的传奇。看《围城》，看钱钟书用文学的笔法，现实的写法，细致入微的观察，人性自然的刻画，再现那个年代青年男女的爱情婚姻。他们是一个时代的一个阶层人群的缩影，他们细微真实的幸福和烦恼，在今天看来，依然循环往复。只要青春存在，就代代不已。

宋词里的香艳

相对于唐诗的豪放均匀整齐，我更喜欢宋词的长短句，它的韵律感婉转和谐，犹如美女圆润清丽，顾盼生姿。当然，它的豪放派词句也相当震撼。北宋时的宋朝是一个丰裕的时代，盛世文风兴盛，自然会生出风雅。也许那时候一首好词就可以扬名天下，引起洛阳纸贵了。

最出名的一个就是婉约派代表柳永大官人了。柳永词婉转深情，最适合小女子的浅唱低吟。他其实是当时好多知名女士的男闺蜜，堪称一代艳词大家。当然，艳而不色，是为上品。也可能是身心体验到位，才能写出那么受追捧的情诗。

大家最熟悉的可能就是柳永《雨霖铃》：寒蝉凄切，对长亭晚，骤雨初歇。都门帐饮无绪，方留恋处，兰舟催发。执手相看泪眼，竟无语凝噎。念去去、千里烟波，暮霭沉沉楚天阔。多情自古伤离别，更那堪、冷落清秋节。今宵酒醒何处？杨柳岸、晓风残月。此去经年，应是良辰好景虚设。便纵有千种风情，更与何人说？这样的词句让身心处于低潮的人读来，情何以堪！怎不泪湿襟怀。

"衣带渐宽终不悔，为伊消得人憔悴"也是柳永的词牌《蝶恋花》中的名句，被后人广泛引用。

下面这一首应该是写男女离别的："记得洞房初相遇。变只合、长相聚。何期小会幽欢，变作离情别绪。况值阑珊春色暮，对满目、乱花狂絮。直恐好风光，尽随伊归去。"也是出自柳永的艳词。

还有另一个艳词高手贺铸，他也是宋朝的，还是咱河南人。偶然一次看到他的一首词，把我惊呆了：柳永的艳词到贺铸跟前简直就是一股清流啊！贺铸那词，你看看吧：

薄幸·淡妆多态

淡妆多态，更的的、频回眄睐。便认得琴心先许，与纽合欢双带。记画堂、风月逢迎、轻颦浅笑娇无奈。向睡鸭炉边，翔鸳屏里，羞把香罗偷解。

自过了、烧灯后，都不见踏青挑菜。几回凭双燕，丁宁深意，往来却恨重帘碍。约何时再，正春浓酒困，人闲昼永无聊赖。厌厌睡起，犹有花梢自在。

看吧，宋朝时连调情也要写出一首词。宋词之所以这么香艳，就是有这么一批有情调的词人高调示爱，高调写出爱情。

香艳的宋词在几百年后还在滋养现代的爱情文学。

记得言情高手琼瑶写过一个小说，被拍成了电视剧《庭院深深》，应该就是来自于宋词"庭院深深深几许"的这一句。只不过琼瑶的爱情更现代了一些，她把古典的愁绪融进一个现代的故事壳子里，到底还是更中国化了一些。"庭院深深深几许"，三个相连的"深"字写尽了无奈和幽怨，追根溯源，它竟然写的还是一份相思。它来自宋代文豪欧阳修的《蝶恋花》词，原词是长这样的：庭院深深深几许，杨柳堆烟，帘幕无重数。玉勒雕鞍游冶处，楼高不见章台路。雨扫风狂三月暮，门掩黄昏，无计留春住。泪眼问花花不语，乱红飞过秋千去。

后来发现琼瑶的好多小说名字或主题曲竟然都来自宋词：

小说《月满西楼》干脆就是李清照的词牌名，主题曲就是这首词的内容，一字未改。请看李清照的《一剪梅》：红藕香残玉簟秋。轻解罗裳，独上兰舟。云中谁寄锦书来？雁字回时，月满西楼。花自飘零水自流。一种相思，两处闲愁。此情无计可消除，才下眉头，却上心头。

《彩云归》来自宋晏几道的词牌《临江仙》。该词也是怀念一位美丽的歌姬小苹而作。原词长这样：梦后楼台高锁，酒醒帘幕低垂。去年春恨却来时，落花人独立，微雨燕双飞。记得小苹初见，两重心字罗衣。琵琶弦上说相思，当时明月在，曾照彩云归。繁华迷离的少年岁月逝去了，晏几道少年的美好奢靡之梦却不经意浮现。后人均认为这个小苹就是他的初恋，在家道中落之后，美人和少年风流云散。

《心有千千结》的原句是宋代词人张先的作品《千秋岁》中的名句："心似双丝网，中有千千结。"是以天终不老比喻情之难绝，以心似丝网比喻情之缠绵固结。

《一帘幽梦》出自北宋诗人秦观的《八六子》：无端天与娉婷，夜月一帘幽梦，春风十里柔情。

宋词的温柔缱绻，宋词的深情款款无需多言了。这么美的宋词，你不喜欢？

王实甫的鸳鸯蝴蝶梦

汤显祖的《牡丹亭》一面世，一时间几乎令《西厢记》黯然失色。其实只是为抬高《牡丹亭》的戏说辞而已。《西厢记》是大剧作家王实甫的作品，当时也是顶呱呱，备受世人推崇，当然是指文学艺术性方面的。它比《牡丹亭》出世早，或许是审美稍有疲劳。《牡丹亭》用情更甚，令围观的群众像打了鸡血一样兴奋感叹：原来爱情可以使人死！也可以使死人又活过来！智极成圣，情极成佛，当然情极一不小心也可以成兽，还可以成鬼的。

后人对王实甫多有误解，更多的是非议。原因不只是认为《西厢记》教坏了未婚的青年男女，更对他本人的不走"正道"而非议。王实甫有才，不用说戏剧文学方面的了。单说他做官，政治才能也是不错的。那时读书人的出路，就是做官了，他通过科举选拔先是做了一个小县吏，后因才能突出被提拔成为了陕西行台监察御史，相当于现在的省厅级高官。但是他却在四十岁的时候果断辞去官职，开始专事写作剧本，成功转型为一个剧作家。照现在的标准，剧作家很风光，收入高，名气大，还有可能被冠以人民艺术家的称号，享受终身待遇等。但是在元朝，你懂的"万般皆下品，唯有读书高"。就此，他深入勾栏场所，和戏子伶人打成一片，无惧世俗飞短流长，为艺术现身，跌入戏剧温柔乡，做起了鸳鸯蝴蝶梦。

《红楼梦》里就曾有贾宝玉林黛玉偷看《西厢记》的情节。宝黛二人看到的是美妙的用词，脍炙人口的华章，并非是不合规矩的风月情长。在贾母看来，却猛批西厢，说它：教坏了多少好人家的儿女。

　　论出身，王实甫出身于一个官宦世家，他自己是高官，他的父亲和儿子都是高官，他的行为却是离经叛道的。估计他爹也管不住他，只好连连叹气：孽子不孝！由他去吧。估计他儿子也感觉脸上无光，不敢说出口，只敢在心里嘀咕：老糊涂，好好的官不做，出去鬼混。要知道元朝那个年代，剧作家归类为"戏子"，实际上与官妓的地位是一样的，称为"下九流"。

　　王实甫的人生在四十岁时来了个急转弯，其实算得上另一种的华丽转身，把他的艺术光华全部释放出来了。不然，流传至今的经典《西厢记》也不会新鲜出炉，我们也没有欣赏的可能了。他的作品很多，高产剧作家之一，流传最广的就是《西厢记》了。

　　《西厢记》故事的最初蓝本却与另一个大诗人有关。他就是唐朝大诗人元稹。看过一本早期的故事集，那时不叫小说。写的是崔莺莺的故事，作者是元稹，据说女主崔莺莺是元稹的表妹。元稹出卖自己的隐私，因为他就是男主。在这个不足千字的小文里，细致写出了他和表妹的地下偷情，后分手的故事。唐朝的婚姻风气开放，元稹对表妹先下手，做官之后却未兑现承诺，娶了另一个官宦之大小姐。其实崔莺莺也相当委屈。结婚之后，元稹又想见表妹，崔莺莺写诗一首传给他，却拒绝见他。

　　小故事流传到元朝，一经王实甫华丽丽的文笔粉饰，故事内容变化较多，情节更加曲折，人物形象更加丰满，台词漂亮得不得了，迷倒万千少男少女，估计也迷倒了不少成年人。且看一折西厢记《长亭送别》：

碧云天，黄花地，西风紧，北雁南飞。晓来谁染霜林醉？总是离人泪。

青山隔送行，疏林不做美，淡烟暮霭相遮蔽。夕阳古道无人语，禾黍秋风听马嘶。四围山色中，一鞭残照里。遍人间烦恼填胸臆，量这些大小车儿如何载得起？

恨相见得迟，怨归去得疾。柳丝长玉骢难系，恨不倩疏林挂住斜晖。马儿迟迟的行，车儿快快的随，却告了相思回避，破题儿又早别离。听得道一声"去也"，松了金钏。遥望见十里长亭，减了玉肌。此恨谁知！

王实甫与关汉卿齐名，他继承了唐诗宋词精美的语言艺术，又吸收了元代民间生动活泼的口头语言，并将它们完美地融合在一起，创造了文采璀璨的元曲词汇，成为我国戏曲史上"文采派"的最杰出的代表之一。有后人戏称他是"风月派"。近代海派作家张恨水有"鸳鸯蝴蝶派"之称呼，我看王实甫应是这个派别的先祖。

再看一折西厢记《别情》：

自别后遥山隐隐，更那堪远水粼粼。见杨柳飞绵滚滚，对桃花醉脸醺醺。透内阁香风阵阵，掩重门暮雨纷纷。

怕黄昏忽地又黄昏，不销魂怎地不销魂？新啼痕压旧啼痕，断肠人忆断肠人！今春，香肌瘦几分，搂带宽三寸。

落红成阵，风飘万点正愁人。池塘梦晓，阑槛辞春。蝶粉轻沾飞絮雪，燕泥香惹落花尘。系春心情短柳

丝长，隔花阴人远天涯近。香消了六朝金粉，清减了三
楚精神。

王实甫在没有官场争斗，没有利欲熏心的环境中，专心创作
戏剧，整天就是写戏、看戏、改戏、偶尔和戏子喝茶、聊天、打
情骂俏一下。一直活到了七十七岁，在当时那个年代，这是一个
非常高的年龄了，所以说王实甫应该是在他的鸳鸯蝴蝶梦里寿终
正寝。

孔尚任的"雅"

说起来明时文人应该是最讲究腔调的，与汤显祖尚"意"相对，孔尚任尚的就是"雅"了，故而才有"宁不通俗，不肯伤雅"之言，失了雅的《桃花扇》，易懂倒是易懂了，然而不是孔尚任之《桃花扇》也。

孔尚任对"雅"的坚持上，在《桃花扇》小引里他写道："盖予未仕时，山居多暇，博采遗闻，入之声律，一句一字，抉心呕成。今携游长安，借读者虽多，竟无一句一字眼看毕之人。每抚胸浩叹，几欲付之一火。"——明知自己的本子并不通俗，此时却又为无人"一字一句着眼看毕"而几欲焚稿，真是做作的不得了，也可爱得不得了，毕竟每个文人都有这样看似"无理"的愿望吧。

孔尚任的"做作"也是对艺术的较真吧！正是由于这种较真，才得以向世人呈现出如此经典的剧本《桃花扇》。

可能大家并不是很熟悉孔尚任其人，可以了解一下。孔尚任，清初曲阜人，孔子六十四代孙，自号云亭山人。中过秀才。1684年康熙南巡北归至曲阜祭孔，孔尚任被举荐在御前讲经，受康熙赏识，破格授国子监博士，后累迁户部主事、员外郎等职。1699年孔尚任经十余年磨砺写成传奇剧本《桃花扇》，在京城轰动演出。

《桃花扇》的大致故事：

明末书生侯方域参加了反对阉党的复社，结识了秦淮名妓李香君，两人萌发爱情，订婚之日，方域题诗扇以赠香君，作为信物。阉党文人阮大铖闻讯即出重金置办妆套，托其结拜兄弟杨龙友送给香君，意在拉拢复社文人侯方域。香君义形于色拒不让方域接收阮的馈赠。阮为此忌恨，乘左良玉移兵南京之时，诬方域内通左军；为避害，方域只身逃离南京投奔扬州督师史可法，为之参赞军务。崇祯在北京自缢后，奸臣马士英等在南京迎立福王，建立南明朝廷。南明的昏王奸臣不理朝政、征歌逐舞、迫害复社文人。马、阮等人逼迫香君嫁给新任曹抚田仰，香君宁死不从，以头撞地，血染方域当年所赠诗扇。画家杨龙友采摘花汁把李香君的血迹点染成桃花图，是谓桃花扇。方域回到南京，被阮捕获入狱。清兵南下，南明昏君奸臣出逃，侯方域出狱后在避难栖霞山时，与李香君相遇于白云庵，在张道士的点拨下，他们双双出家入道。

　　"白骨青灰长艾萧，桃花扇底送南朝。"孔尚任借离合之情，写出了兴亡之感。

　　剧本的一再上演，在皇城引起轰动，惊动了皇上，康熙帝专门要去了剧本阅看。次年孔尚任即被罢官，原因不明，应该是与《桃花扇》有关。想来一定是剧本中真人真事史可法等人的反清斗争，引起了清朝皇帝的反感。

　　孔尚任的视角很尖锐，借剧中人之口，发出了强烈地质疑：你看的国在那里？家在那里？君在那里？父在那里？对愚忠提出了疑问，无情地鞭笞了南明小朝廷的昏庸与腐败。这样的小朝廷，有舍命维持的必要吗？

　　清朝建立于 1644 年，孔尚任出生于 1648 年，是不折不扣的大清子民，又出任清朝的官职，曾得皇帝赏识，吃的是清廷皇粮，没有什么理由反清复明。从民族大义来说，大清入关，极大地促进了中华民族大融合。也许写《桃花扇》的初衷只是文人的怀古伤今的意气，对逝去英雄的致敬。康熙帝大可不必撸了他的官帽，显得自己气量狭小。

付出十一年的心血收获了《桃花扇》，却因此丢了官帽。孔尚任回到故里，隐居石门山直至去世。

他笔下的《桃花扇》是我很喜欢的本子，大概是因为《桃花扇》并不同于其他才子佳人痴缠爱怨，虽写的是侯方域与李香君的风月，却把大背景放置到兴亡之际，男女主角的感情更多的算是线索，以李香君的视角写南明朱由崧朝廷"一隅偏安"，以侯方域的视角写左良玉、史可法等人为大明朝廷所作的最后挣扎。

有意思的是，读《桃花扇》，感动我的倒不是侯郎的定情诗，也不是香君的苦守，而是史可法守扬州城时的一番军令："你们三千人马，一千迎敌，一千内守，一千外巡。上阵不利，守城。守城不利，巷战。巷战不利，短接。短接不利，自尽。"史可法的结局自然是可以想见的。看孔尚任的描述的史可法：

> 走江边，满腔愤恨向谁言。老泪风吹面，孤城一片，望救目穿。使尽残兵血战，跳出重围，故国苦恋，谁知歌罢剩空筵。长江一线，吴头楚尾路三千，尽归别姓，雨翻云变，寒涛东卷。万事付空烟。精魂显，大招声逐海天远。

壮士末路之时，英雄气概又添十分。任何时代，英雄都是应该被敬仰的，他们的精神支撑起民族的脊梁。

这里还有个后话，现实中扬州城破后，都铎以史可法拒不受降书为由，屠城十日，尸骨堆积如山。消息传到镇守南京的钱谦益那里，为了不让屠城悲剧重演，他拱手献出南京。与李香君同称秦淮八艳的柳如是，正是钱谦益的妻子。此时李香君没有等到她的侯郎，柳如是也不能成全自己的"殉国殉夫"之志，（柳如是曾劝钱谦益与其一起投水殉国，钱谦益只说"水太冷"，柳如是奋身欲沉池水中，却给钱谦益托住了。）乱世之中，大概各有各的无奈吧。

欣赏一下《桃花扇》段落原词之美：

俺曾见金陵玉殿莺啼晓，秦淮水榭花开早，谁知道容易冰消！眼看他起朱楼，眼看他宴宾客，眼看他楼塌了！这青苔碧瓦堆，俺曾睡风流觉，将五十年兴亡看饱。那乌衣巷不姓王，莫愁湖鬼夜哭，凤凰台栖枭鸟。残山梦最真，旧境丢难掉，不信这舆图换稿！诌一套《哀江南》，放悲声唱到老。

其中，眼看他起朱楼，眼看他宴宾客，眼看他楼塌了！成就了由盛到衰的寓言。

此地曾轻别

辛弃疾可谓是好男儿中的极品。在软骨病的南宋历史中，他算是一枚坚果，妥妥滴为软弱印象中的南宋历史补了点钙。

从他的一首好词来说他的勇武。

永遇乐·京口北固亭怀古

千古江山，英雄无觅，孙仲谋处。舞榭歌台，风流总被，雨打风吹去。斜阳草树，寻常巷陌，人道寄奴曾住。想当年，金戈铁马，气吞万里如虎。

元嘉草草，封狼居胥，赢得仓皇北顾。四十三年，望中犹记，烽火扬州路。可堪回首，佛狸祠下，一片神鸦社鼓。凭谁问：廉颇老矣，尚能饭否？

这首词从浩荡的古意出发，抵达悲壮无奈的现实，不甘心的英雄浩气，却被无情的时间付之东流。高中时，常常将它和另一个宋词高手苏东坡的《念奴娇·赤壁怀古》放在一起比较，二者的"大江东去浪淘尽、千古风流人物"的高远朗阔情怀实在难分伯仲。

据说宋朝的词不只是用来默读的，也是可以摇头晃脑、慷慨激昂朗诵的，也是可以配上桃红柳翠轻歌曼舞的，更是可以用来洒脱不羁、高声歌唱的。这样说来，这个词的气质，是和京韵大鼓或者陕西的盘鼓一类才能相配，绝不是与杨柳丝竹瑶琴清笛相和的。看历史插图的画像，辛弃疾风刀霜剑的皱纹刻在脸上，也许这样才符合了后人心中的忧国忧民的老辛形象。但是在我的感觉中，身居江南的辛弃疾因为家国情怀的悲怆，也许醉酒之后边舞长剑，一边唱诗吟词，是一个满脸正气的忧国忧民剑客型英雄。也许有一点帅，绝对不会是苦瓜脸那一类的。一个人偶然愁一下可以，经常愁是会得抑郁症的，如果那样，老辛还怎么能活到67岁呢！那时候人的寿命俗语"人过七十古来稀"。

鲁迅老人家说过"无情未必真豪杰，怜子如何不丈夫"，每个男人除了骨子里天生的英雄侠义之气外，也当有那么一丝柔情惆怅，也算是为男人阐释了双面情怀。

苏东坡的《念奴娇·赤壁怀古》浩气激昂。同样的一首念奴娇，辛弃疾也有能力写成这样的：

念奴娇·书东流村壁

野棠花落，又匆匆过了，清明时节。划地东风欺客梦，一枕云屏寒怯。曲岸持觞，垂杨系马，此地曾轻别。楼空人去，旧游飞燕能说。

闻道绮陌东头，行人长见，帘底纤纤月。旧恨春江流不断，新恨云山千叠。料得明朝，尊前重见，镜里花难折。也应惊问：近来多少华发？

翻译重点：在垂柳下，我曾在此地与佳人离别。如今人去楼空，只有往日的燕子还栖息在这里，那时的欢乐，只有它能作见证。

据考证，这个佳人就是一江湖美女，色艺双全，但是年轻的词人满怀大志，不管当年相互有多少欢颜，还是轻易地转身，果断地离别了。多少年过去，壮志未酬，白发沧桑，又经此地，却物是人非。想起当年轻易地别离，开始有了小小的惆怅。

其实也只是惆怅而已，轻别就是成长。没有了年轻的转身，也许就没有辛弃疾"金戈铁马、气吞万里如虎"的过往，何来的年老忆英雄？不经历繁华沧桑，哪来的"白头宫女在，闲坐说玄宗？"

人生何处不轻别！

读辛弃疾一首词，突然被"此地曾轻别"这一句打动。这一句平淡的叙述，更像一句无声的抒情。

想一想人间半生的日子，哪一个阶段的成长不是在和往事轻别？和过去的自我隔着一段距离审视，大的诀别，小的转身，无不是一段段成长的历史。

生命只是一条向前的方向，轻别的渡口一个个，只有向前，才是方向。

雪与酒 互为背景的豪情

　　在中原，冬天总会有一场雪降临，尽管有时太早有时太晚，最终给期盼的人们以落地踏实之感。太早或太晚的雪总是留不住，脚步匆匆，在人们惊喜的欣赏下很快就消失了。原来，冰雪是中原人挥之不去的集体怀念。

　　而今，这一场薄雪也可以成就一场遇见的惊喜。

　　最后一场雪。我与金庸的武侠重新遇见。

　　那天，雪落的时候，我正在看金庸的《雪山飞狐》。积雪的山顶，众侠聚集，各有奇招。极冷中对决，怪招跌出，快、闪、狠，却稳、准、静，有时无招胜有招，几乎可以与现代的消音手枪媲美。难怪金庸，能在现代的世界里，为成年人营造一场又一场的盛大童话。看的人明知故事或过程是反逻辑的，但却甘愿沉浸其中。也许是人物的个性吸引了我们，那份纵情江湖义气，侠肝义胆，非黑即白的决绝，守信重诺的豪情，令缺钙的现代人望尘莫及。

　　金庸《雪山飞狐》电视剧插曲由罗文主唱，抒情诗一般的歌词，谱曲绝好，典型的抒情时代，令人听得豪情满怀。

　　　寒风潇潇，飞雪飘零，
　　　长路漫漫，踏歌而行，

> 回首望星辰，往事如烟云，
> 犹记别离时，徒留雪中情。
> 雪中情，雪中情，雪中梦未醒，
> 痴情换得一生泪影
> 雪中行，雪中行，雪中我独行。
> 汇聚英雄豪情。
> 唯有与你同行，与你同行，
> 才能把梦追寻。

如今，英雄俱往矣，徒留雪中情！

雪的白，雪的冷，酒引燃了英雄们的万丈豪情。大块吃肉，大碗喝酒，大雪中的终极对决，使鲜血更红，使豪情更盛。人生不满百，常怀千岁忧。这些异于常人的侠客们绝不会这样。他们来去自如，快意恩仇，为情为友，置生命于度外。关键是他们都有一身的好本事，武功盖世。

看现代京剧《林海雪原》，杨子荣出场，高亢激昂二胡配音和唱词：穿林海，跨雪原，气冲霄汉。二胡的配乐太好听了，由此，爱上了二胡，专门去拜师学艺，可惜还是没有坚持下来。

舞台上杨子荣脸部的红油彩太重，我还以为是喝酒的缘故。茫茫雪原，要对付土匪，克服寒冷，除了强大的精神支撑外，窃以为似乎应该有点热酒助力。

"绿蚁新醅酒，红泥小火炉。晚来天欲雪，能饮一杯无?"看来，雪与酒几乎是绝配。

明末的张岱将雪酒结合得高雅。崇祯五年，西湖边居住的张岱，大雪接连下了好几天，湖中行人，飞鸟的各种声音都消失了。这一天晚上八点左右，一代顽主张岱撑着一叶扁舟，穿着细

211

毛皮衣，带着火炉，独自前往湖心亭观赏雪景。湖上冰花一片弥漫，天和云和山和水，浑然一体，白茫茫一片。张岱到了湖心亭上，居然看到有两个人铺着毡相对而坐，一个童子正把酒炉里的酒烧得滚沸。那两个人看见他，非常高兴地说："在湖中怎么还能碰上你这样有闲情雅致的人呢！"遂邀请张岱一同喝酒。张岱尽情喝了三大杯后告辞。他的《湖心亭看雪客》，就记载了这个大雪之夜，他独执意看雪，与陌生人酌酒的雅趣。张岱被当时推崇为名士，懂生活情趣的人。

还记得年少读武侠小说时的痴迷，可以不吃不喝，躲在一个角落。抬头一看，恍然眼前就是白雪皑皑或大雪弥漫。记得《七剑下天山》《玉娇龙》，看得荡气回肠，却全然没想过：这样恶劣的自然环境，倔强执拗的主人翁怎么生存？豪情支撑？物质基础呢？现在这样实在地一想，马上将武侠小说解构得无处容身。

金庸在一篇文章里解释他的武侠小说：他塑造的侠客们不是存在于现代的法制社会。否则一言不合就杀人，然后哈哈大笑，扬长而去，哪里能容得下！

日渐变暖的南中原，飘舞的雪花最适合观赏，推开玻璃窗子，伸出手，体味它们落在手心的短暂微凉。偶尔会忆起自己在有梦的年代升腾过的侠客情怀，会心一笑。雪的洁白清冷，降落在大地后旷野的寂静辽远，也许在无意间会呼应了人们内心的某种情愫。

历史爆笑的瞬间

历史上的铁骨铮铮的谏臣不少，流传下来的有大宋的黑脸包公，大明朝的清官海瑞，相传这些人敢说，也会说，不怕死，为了真理正义皇权民意敢于向皇上说不，从而被称呼为"某青天"。但是，历史上也有那么出奇的，怕死的谏臣，其行为让后人忍不住爆笑。

西汉时期，有个叫朱云的男士，传说他就是一位铁骨铮铮的铮臣。一天，朱云上书求见天子，汉成帝宣他觐见。朱云见到皇帝后，激动地说："现在有些人，上不能辅助君主建功立业，下不能安抚黎民百姓，却尸位素餐，宠冠朝廷，臣引以为恨。请陛下赐我宝剑，让我先斩杀一个奸臣，以儆效尤！"汉元帝吃惊地问"你想杀谁啊?"朱云大声说："就是你的宰相张禹！"汉元帝差点气晕了：好个放肆的刁民，竟敢在朝廷上胡言乱语，侮辱朝臣。就下令左右将朱云拖出去斩了。

两个侍卫拖动朱云时，朱云全然没有了刚才的慷慨陈词，只是死死抓住木门槛不放，两个侍卫用了极大的力气，拖拽了好长时间，最后终于拖动了朱云，不过是连同折断的木门槛。想想这需要多大的力气才能做到啊。后来有个大臣看他实在不想死，又认为朱云这人平时说话比较狂放，就替他求了个情。估计汉元帝也感觉情景荒唐可笑，就顺势下了台阶，饶他不死。

这真可以称得上爆笑的瞬间。雷鸣般的大义凛然的开头，结局却是好笑式的，成了一名敢做却不敢当的谏臣。汉元帝还算是一个明君，下令不再修复折断的门槛，因此，衍生出了个"折槛进谏"的故事。

　　晋惠帝司马衷就是那个"何不食肉糜"的脑残皇帝。不过，史传他就是属于智力低下，不是什么四体不勤五谷不分的养尊处优一类的。话说有一年民间大饥荒，饿死了很多人，臣子上书陈情。在朝廷上，晋惠帝一脸懵懂，问大臣们："人们为什么会饿死呢？"大臣说没有粮食。晋惠帝就说："没有粮食为什么不吃肉呢？"面对着很傻很天真的皇帝，大臣们面面相觑，不知如何回答这个高难问题。一群文韬武略的大臣，竟然不得不服从服务于这样的皇帝，真是哭笑不得。

　　五代时的唐庄宗李存勖年轻时英明神武、勇猛善战，建立后唐政权登基称帝后，身为皇帝，却严重缺乏职业责任感，或者说是不爱岗敬业，整天喜欢丝竹管弦、歌舞升平，与唱戏的厮混在一起，不理朝政。喜欢看戏不算什么，严重的是他喜欢演戏，在宫里组织一个戏班子，还给自己取了个艺名"李天下"，亲自上妆登台唱戏。每每扮上以后，就把国事天下事置之不理了，什么奏章劝谏全当看不见。大臣们看不过去，劝他注意影响，专心国事，他就把大臣痛打一顿，结果谁也不敢干涉他唱戏了，眼睁睁看着他在唱戏的道路上越走越远，直到有一天，唱丢了锦绣江山。

　　明朝的明武宗贪玩误国，他的一生更像一部轻喜剧，是一位非常有个性色彩的皇帝。明武宗爱打仗，做梦都想当将军。可是国不可一日无君，大臣时刻要生办法保护他。在宁王叛乱的时候，明武宗率领数万大军南下，没等到达，大将王守仁就已经平定了叛乱。他不依，结果王守仁只好把宁王绑在广场上，明武宗骑着马威风凛凛地冲过去抓住宁王，这就相当于亲手抓到了。明武宗的心理得到极大地满足，简直像是一场游戏，臣子们还要一本正经地陪他玩。估计只敢在心里偷笑。

　　读二十四史的历史故事，别人看到的是大事件大人物大智谋，我却对这些搞笑的事情有兴趣。历史也不是板着脸的，总有一点让人发笑的。

皇帝也搞笑

闲时，想象古人的生活，脑海里闪出宽衣袍袖文绉绉慢悠悠的形象，实在是受了影视的洗脑。近日，翻看《太平广记》，专门看看古代的人是如何搞笑的，并把有意无意制造的笑料记录下来，供后世的看者开心。

原来古人的浮生并非如梦，普通人有摇头晃脑口占一绝的高雅时光，也有充满了烟火气的低俗时刻。掌管生杀予夺权力的皇帝怎样呢？

皇帝的座椅那么大，高高在上，看上去和群众就拉开了距离，所有王公大臣都是他的下属，说话时小心逢迎，没有对等的讲话人，估计他的内心是寂寞的，有时免不了会淘气一下，找点乐子。

前秦王苻坚，他攻破了襄阳郡。凡是大英雄创业时都是善于发现人才、爱惜人才的，苻坚也不例外。他得到了习凿齿和释道安两个人才。习凿齿是东晋名士，著有史学著作《汉晋春秋》，只是他的一只脚有病，走路一瘸一拐。那齐王很欣赏习凿齿的才华，却有点无厘头，当即开玩笑："昔晋平吴，利在二陆。今破南土，获士一人有半"。把习凿齿称呼为半拉人。下文没了记载，估计习凿齿当时的表情是个"囧"字。史载习凿齿相当有骨气，拒绝为苻坚效力，携带家人避居外地。据考证，邓州市习营村即是习凿齿后裔。

三国时东吴的孙权，有一天闲着寻开心。他指示自己的儿子，即太子，言语戏弄反应敏捷的大臣诸葛恪："诸葛恪食马矢一石"。诸葛恪马上回话："太子食鸡卵三百枚"。孙权不明白，就问诸葛恪："太子让你吃马粪，你却请他吃鸡蛋。为何"？诸葛恪回答："马粪和鸡蛋出来的器官都一样"。孙权哈哈大笑。你说做一个皇帝该有多无聊啊，才想出这种低级的笑话。诸葛恪是诸葛亮的亲侄子，自小被称为小神童，极为聪明，长大后却做了东吴的重臣，并未效力叔父诸葛亮的蜀国。孙权这么做估计是在测试大臣的智商吧。

唐太宗，一代英主，也做了一个任性的搞笑事儿。他的大臣管国公任环非常怕老婆，太宗偏偏要赏给他两个侍妾。任环害怕，跪拜太宗后说了自己的苦衷，忍痛推掉了美人。太宗不信邪，非想整治一下任环的老婆。就让人把她召来，放一坛酒在她面前，板着脸说：女人嫉妒，按理应当七出。你要是能改掉了嫉妒，这坛毒酒不用喝了。要是不改，今天必须喝掉这坛毒酒。任夫人一脸决绝：我不能改掉嫉妒！遂抱起"毒酒"一饮而尽。结果是她大醉而归。唐太宗只好认输收回成命，同时终于见识到了女人的嫉妒心比生命还重。皇帝也真搞笑，在朝廷上搞了一次极端的心理测试。

还是这个唐太宗，没事了戏弄一个大臣高崔嵬。太宗命人把高崔嵬的头按向水下，良久才浮出水面。太宗问他："见到谁了"？高崔嵬答："见到屈原对我说：我逢楚怀王无道，才投入了汨罗江。汝逢圣主，何为来"？唐太宗大笑，赐给他百批上好的绸缎。看到这里，感到可怕：皇帝闲了寻开心就把大臣往死里玩。果真是伴君如伴虎啊！

严重怀疑唐朝时妇女的地位特别高。唐中宗时期，御史大夫裴谈对悍妻"畏之如严君"。当时的韦后权势正盛，唐中宗也是个怕老婆的主儿。后宫举办宴会，命优伶唱《回波词》，唱词是新编的："怕妇也是大好。外边只有裴谈，内里无过李老"。韦后听着神色自得，并赏赐歌者丝绸。看吧：连戏子都敢调侃皇帝怕老婆了，中宗李显却云淡风轻、一笑而过，只能说是中宗心理太强大了！太淡定了！太有底气了！所以现在有一个段子：李显是历史上最牛的皇帝，这是为什么呢？因为他自己是皇帝，父亲是皇帝，弟弟是皇帝，儿子是皇帝，侄子是皇帝，更要命的是他妈也是皇帝。于是历史给了他一个很光耀的名字：六位帝皇丸。

诗酒清明祭　桃李杏花雨

　　清——清朗、清澈、清爽；明——明白、明朗、明快；这是我对"清明"二字字面上的简单解读。但是，清明节却是个矛盾的节日，时令上它正处于在春光明媚、桃红柳绿的春天，梨花过了，桃花绯红如云，杏花伴着绵绵细雨，一派美景，伴着缅怀逝人的感伤情怀。

　　诗歌，清酒，桃花开遍，杏花春雨相伴来，这些唯美的元素都呈现了。"一杯清酒，一束桃花。"于是，古人用诗与酒的完美结合，演绎了这个哀而不伤的春季祭奠仪式。

　　清明节就是现在的汉民族扫墓节。清明节源于商代，古人把一年分为二十四节气，以这种岁时历法来播种、收成，清明便是二十四节气之一，时在春分后十五天，按"岁时百问"的说法："万物生长此时，皆清洁而明净。故谓之清明。"

　　此时春暖花开，万物复苏，天清地明，正是春游踏青的好时节。踏青早在唐代就已开始，历代承袭成为习惯。踏青除了欣赏大自然的湖光山色、春光美景之外，还开展各种文娱活动，增添生活情趣。古时扫墓，孩子们还常要放风筝。有的风筝上安有竹笛，经风一吹能发出响声，犹如筝的声音，据说风筝的名字也就是这么来的。

　　清明节的由来传说源于介子推和公子重耳之间的感人故事。

介子推在公子重耳饥饿落魄时割下身上的肉，烤熟送给公子重耳吃，救了公子重耳的命。却在公子重耳得势称晋文公后，远离朝廷避走山高路险的绵山，隐居于山林。晋文公找寻介子推出山无果，听从身边人献计，从三面火烧绵山，想用火逼出介子推。结果大火烧遍绵山，却没见介子推的身影，火熄后，人们才发现背着老母亲的介子推已坐在一棵老柳树下死了。晋文公见状，恸哭。装殓时，从树洞里发现一片衣襟，上写道："割肉奉君尽丹心，但愿主公常清明。"为了纪念介子推，晋文公下令将这一天定为寒食节，年年不准民间动烟火。清明和寒食两个名词初次连在了一起。

我怎么看这一招像是个阴谋。一国之君，脑残？不知道那是烤人肉的节奏啊！

不过，习俗一经形成，悲伤的烙印就深深刻在民族的记忆里了，继而传承至今。

追寻传统，清明节本来是一个悼念先祖，祭奠亡故的日子，理应是一个眼泪和细雨俱下，纸钱与哭声齐飞的日子。清明节从晋朝始兴，到了唐朝渐渐转化为踏青和祭祖并重。由于清明上坟都要到郊外去，在哀悼祖先之余，顺便在明媚的春光里骋足青青原野，也算是节哀自重转换心情的一种调剂方式。因此，清明节也被人们称作踏青节。

清明节在唐诗里出现的频率相当高，那时的诗歌大致就像现在的流行歌曲，估计人人都能背上几句的。文人在缅怀之时，感而慨之就是写诗了。所以现在流传下来的关于清明节的诗歌倒是不少。最著名、被引用最多的就是杜牧的"清明时节雨纷纷，路上行人欲断魂。借问酒家何处有？牧童遥指杏花村"。这首诗中蕴含的哀思把清明节定格得云低雨密，令人读后格外惆怅。

但是也有同时代的唐诗演绎出的是另外一番情怀。唐朝陆龟蒙《春思》：江南酒熟清明天，高高绿帜当风悬。谁家无事少年子，满面桃花犹醉眠。这首诗居然是写一个醉卧于桃花树下的无事少年！其实也呈现的是安闲美丽的春日景色。还有唐朝诗人薛能的《寒食日题》：美人寒食事春风，折尽青青赏尽红。夜半无灯还未睡，秋千悬在月明中。这首诗也是轻松愉快的，只看到一个美女尽情地踏青折花，荡秋千，无丝毫哀伤的痕迹。

再看看下边这两首悲催的清明节诗歌，简直是句句含泪，大概与当年的境况和心情有关吧！

唐朝白居易《寒食野望吟》诗云："乌啼鹊噪昏乔木，清明寒食谁家哭？风吹旷野纸钱飞，古墓累累春草绿。棠梨花映白杨树，尽是生死离别处。冥漠重泉哭不闻，萧萧暮雨人归去。"

宋朝诗人高菊卿也曾于一诗中描写道："南北山头多墓田，清明祭扫各纷然。纸灰飞作白蝴蝶，泪血染成红杜鹃。日落狐狸眠冢上，一滴何曾到九泉！"

现在，人们在清明节前后依然会遵循上坟扫墓祭祖的习俗：铲除杂草，放上供品，清酒撒地，于坟前上香祷祝，燃纸钱，或点燃鞭炮，或简单地献上一束鲜花，以寄托对先人的怀念。

忧乐精神激励后人

宋代的范仲淹在《岳阳楼记》里的忧乐精神，使一篇借景抒情的文章有了风骨，故而成为千古名篇。特别是名句"先天下之忧而忧，后天下之乐而乐"，寄托着作者以天下为己任的政治抱负。

从国风看家风，从文风看人品。这样的君子，是中国传统文化孕育出来的，是对传统文化的坚守，也是对中国良好家风的传承。

"先天下之忧而忧，后天下之乐而乐"，闪耀着朴素的理想光辉。这两句话好就好在一个"先"字和一个"后"字，他把家国情和个人得失在时间顺序上摆正，启人深思，发人深省。范仲淹的忧乐精神，激励了无数后人，他自身的良好家风教育，不仅养育出了品行兼优的孩子，他的四个孩子个个成才，也为后来的有识之士所敬仰效仿，培养出一代又一代的优秀志士，从而为中华民族的进步树立了榜样。

身居乡野，关心庙堂之事，也就是关注民生和社稷。上不负庙堂，下不负百姓，光明磊落，诚信不欺。这种情怀不仅是一个人的良好的道德修养，也是一个人的大胸怀大气度，无论遭遇什么样的挫折和打击，始终保持向上乐观，保持对苍生疾苦的大悲悯大仁爱。

范仲淹以后，南宋著名诗人陆游"位卑未敢忘忧国"的爱国诗句，与范仲淹的忧乐精神一脉相承。陆游因被朝廷免去了参议官，退居乡间，但是他的一腔忧国忧民之心从未改变，北望中原，回归故国，是他一生的努力和最后的牵挂。"王师北定中原日，家祭无忘告乃翁"，表达出诗人至死不忘统一祖国的强烈爱国情怀。

清朝末年，国运衰弱，内忧外患，民不聊生，顾炎武发出了"天下兴亡，匹夫有责"时代强音，振聋发聩，表现了近代知识分子对国家的责任感。

同时代的梁启超，九个子女，个个成才，出了三个院士，被称为"一门三院士"。梁启超是典型的中国知识分子，1918年底，梁启超赴欧，了解到西方社会的许多问题和弊端。回国之后即宣扬西方文明已经破产，主张光大传统文化，用东方的"固有文明"来"拯救世界"，并毕生身体力行。梁启超、梁思成、梁从诫、梁帆四代人，家风薪火相传的，一是注重文化修养，二是专业精研，在各领域各有建树，三是社会责任意识强，对社会国家勇于敢于建言奉献不吝付出。

关系到个人的家风修养，古人的经典话："大丈夫一屋不扫，何以扫天下？"直接道出了家与国的关系，个人的修养和为国家做贡献的关系。

范仲淹的忧乐精神，若以当前的党员修养标准，可以解读为：就是要有大局意识，有担当。一切以大局为重，以国家利益、人民利益为重。无论身处何处，一定要立足自身岗位，辛勤工作，敬业奉献，这就是和平时期建设年代一个普通党员的爱国体现，也是新时期一个党员的担当。

斩断贪腐　先除贪念

　　宋仁宗初时，力主革除社会弊症。于是重用范仲淹实施改革，就是历史上的"庆历新政"。改革的核心内容之一就是吏治改革，革除贪官污吏。

　　范仲淹是具体的实施人。他坐镇京师，把各路按察使（相当于现在的纪委巡视组）送来的报告一一认真审阅，看到那些贪赃枉法，民愤极大的恶吏非常气愤，便把他们的名字一个个用笔划掉，准备查实后撤掉他们的官职。同僚好友富弼担心，半开玩笑地说："十二丈（十二丈指范仲淹）则是一笔，焉知一家哭矣！"范仲淹回答说："一家哭，何如一路哭耶！"。

　　这里的"一路哭"是指贪官待过的地方的老百姓都要哭。一言可以看出，范仲淹对贪官污吏的痛恨，改革吏治的决心。一个贪官的存在，损害的是一个地方的百姓的利益，危害一方的政治生态，造成民众对官府的不信任，进而危害国家的统治根基。

　　历史何其相似！当贪腐已经成了社会毒瘤，阻碍经济发展，影响民众的价值观，就必然危害到上层建筑。清理恶吏、惩治贪腐也是必然的。

　　对于贪腐，有人归咎于制度，制度上明明要求清正廉洁，哪一条制度允许贪腐？允许以权谋私？打个比喻：法律明明规定不许杀人放火抢劫，但是偏偏有人要去杀人放火抢劫，你能说是法律规定错误吗？俗语有云：经是好经，被歪嘴和尚念歪了。贪腐是对制度的挑战，制度是好的，被贪腐的人员给歪曲了。

如今，随便公布一个"大老虎""小苍蝇"，哪个与钱财脱得了干系？更有小官巨贪的小苍蝇，更是不时刷新大众的眼球。官员的贪腐，大都是权钱交易，官员利用手中的权力资源，谋取钱财私利。以公权换私利，牺牲的是公众利益，损害的是执政机关的公信力。

贪腐的根源还在于贪腐人员自身。"贪"字的解释是：求多，不知足。从"今"从"贝"，描绘出一个当下就要得到财富的急切形象，也可以解释为对财富的念念不忘。

对于财富的追逐，趋利是人的本性。但是中国古代早有人给出答案曰：君子爱财，取之有道。你要通过合乎法度合乎情理的方式取得，任何的巧取豪夺都会适得其反。大家仔细观察一下，"贫"字是不是和"贪"字很像？贫与贪，只差一笔。一念之差，因贪腐入狱，吃进云的全部吐出来，还要坐牢房，把自己的人生毁灭得片甲不留，不只是贫的问题了，比贫更甚。

看落马贪官的忏悔录，落马京官周良洛、杭州副市长许迈永、徐州市政协副主席张引等许许多多的老虎也罢，苍蝇也罢，大都痛悔自己未过好权力关、金钱关，放松了自己的学习，放纵了自己的贪念，以至于栽倒在糖衣炮弹下。当此之时，这些忏悔的贪官涕泪双流，只希望自由就行，愿意做一个平民百姓，愿意过贫穷却安稳的生活。

古代先贤老子在《道德经》就有这样的大智慧："甚爱必大费，多藏必后亡。"译成现代汉语就是：过分的爱名利就必定要付出更多的代价，过于积敛财富，必定会招致更为惨重的损失。这个损失并不仅仅指物质方面的损失，而且还指人的精神、人格、品质方面的损失。其实，也是古代的辩证法。孔子也曾经说过"月盈则亏，水满则溢"的道理，如出一辙。任何事情，必须有所节制，不可过分，尤其对权利和财富的贪欲。

同时代的西方伟人对贪欲的认知有相通之处。

古代马其顿王国亚历山大大帝二十岁登上帝位，通过征战，建立了横跨欧亚非三洲，环绕地中海的马其顿王国，坐拥天下数不尽的财富。却在三十三岁时一场战斗后生病，英年早逝。他临死时遗言："请把我的双手放在棺材外面，让世人看看，伟大如我者，死后也是两手空空"。人之将死，其言也善。或许，生命的最后时间，亚历山大大帝终于认识到：财富和权力，神马都是浮云！

说句绕口令的话：天下是天下人的天下，财富是天下人的财富。江山轮流转，皇帝轮流做。从古至今，多少伟大人物，还不是把天下留给了世人！有一次看到杂志《特别关注》里的一篇小文章，里边有个统计数字很有趣：从宋朝以来，每个人拥有一块土地的时间长平均不超过三十年，就会因战争、政权变换、政策变动、贫富逆转等诸多原因而变换主人。

所以，这个世界上，没有财富永远是谁的。一刹那的贪念可能会让你走错路，无休止的贪欲则会加重犯罪成本。去除贪念、遏制贪欲，管好自己的手，伸手必被捉。不是你的就不要拿，否则，后果你懂的！

天使在人间

　　想象中的上帝会是什么样子？西方的观念中应该是彬彬有礼、西装革履、严肃沉默的绅士。相当于中国的玉皇大帝，自然是一身的华贵庄重的官服，掌管着人世间万物的生杀予夺大权。权力无限，责任亦无限——人间的信奉者所有困难都向上天请赐。所以，他应该仁慈、富足、宽厚、庄重、法力无边，可以满足人间的一切诉求——如果他愿意。

　　电影《超新约全书》又名《小天使以雅》为我们塑造了一个出乎意料的上帝形象：他粗暴、无法力、无聊、自私、邋遢，喜欢给陌生人制造悲剧，故意制造出反常的生活定律，借以显示自己对人间命运的掌控力。他冷酷暴虐不讲道理，打跑了自己的儿子——儿子逃匿到人间，再也不愿回家，实际上儿子就是耶稣，变成了一副耶稣雕像，就站在他家的壁柜上。对自己的妻子视若无睹，一言不合就动手。妻子看到他噤若寒蝉，每天除了穿着一身睡衣做家务外，什么也不敢问不敢说。可爱的女儿以雅也不能触动他的爱心，家暴起来，皮鞭抡起一定要把她揍出童年阴影来。这个上帝胡子拉碴、半秃顶，吸烟喝酒，胡乱的套着松垮的 T 恤和大裤衩，经常醉醺醺的，如果他从马路上东倒西歪地走过，你绝对会把他当作一个宿醉的失业大叔。

　　但他的确就是上帝本尊！就是这么天马行空的设计才让人耳

目一新。

这个上帝管理人间的生死祸福，原来他只是靠着一台电脑来控制着程序，和我们现在的工作状态一样：他坐在电脑前，嘴里叼着一根烟，双眼盯着屏幕，用鼠标点击，用键盘打字。每天，上帝到了工作时间，就会打开密室，进入一个大的档案室里，一个一个的层层小格子，就是每一个人的生平档案。上帝手持鼠标，但他对固有的工作十分厌倦，所以不时故意制造点车祸或者意外伤害，看到墙倒屋塌、飞机坠毁、火车出轨、海浪呛淹、狼狈不堪的人们，上帝乐得手舞足蹈……

一天，小女儿以雅趁他不在的机会，溜进他的工作室，打开他的电脑，看到的都是一个个残忍的人间画面——都是父亲故意制造出来的乐子。以雅特别愤怒，更加讨厌她的父亲。在餐桌上公开指责，触怒了父亲，上帝对她大打出手，妻子不敢多言劝阻，眼睁睁地看着女儿遭受家暴。

耶稣雕像不失时机地复活，开始指导点拨妹妹以雅怎样和父亲作对。

被暴打的女儿决心反抗。

以雅趁着父亲醉后沉睡的时候，偷走他的钥匙，进入他的工作间，开始捣乱，彻底挑战上帝的权威。

以雅把人们的死亡日期通过电脑发送到每个人的手机上，接到信息的人们最初以为是恶作剧，没有人当回事。不久，很快预言验证：信息中活不过今天的绝对不会到明天。有年青男性发现自己有六十二岁的寿年，就无所畏惧地挑战常识：毫无保护地从高楼往下跳，结果砸死的是路人他活着；他从飞机上往下跳，却落在另一架飞经的飞机宽阔羽翼上。当人们知道自己的死期，惯常的胆怯者不再受心理的束缚；婚姻受害者不再挣扎；爱情的寻

228

觅者不再犹豫……人们可以臣服死神，但可以挑衅上帝！一切都乱了套。人们因为害怕死亡而行为有所顾忌。现在死期明了，一切变了样。

原来，一旦没有了死亡的底线，人们甚至敢于挑衅上帝。看到此，突然想起刑法里的死刑问题。有专家讨论死刑废除，如果没有了死刑的底线，会不会像这个电影里一样，有无所畏惧的犯罪者？到时候，制定法律的上帝也无奈啊！

醒来的上帝发现钥匙丢失，电脑密码不对，同时失踪的还有女儿以雅。他往人间一看，大吃一惊：战争停止、工厂停工、人们改变生活轨迹……

上帝暴怒！他牢牢掌控着的人间不再敬畏上帝，人们开始按照自己的意愿生活。上帝的权威遭到前所未有的挑战，他的暴怒可想而知。

以雅逃离父亲来到人间，是通过她家的滚筒洗衣机的滚筒。她爬进滚筒，就是进入了一个时空通道，爬出来就是自由呼吸的人间。她要收集六个人的真情泪水，用以改变暴虐的不合理的上帝规则。她要写一部新约全书，重新创造人间规则。

她在人间，依次寻找目标。

而他的父亲，万能的上帝为了找到以雅，也只好爬进滚筒里，挣扎着从人间的一家洗衣房里的一台洗衣机里爬出，吓得员工魂飞魄散。

上帝来到人间，他的尴尬旅程开始了。他被流浪汉群殴；没有身份证被警察盘查；不会法术被湖水淹呛……原来，离开他的位置，拥有无限权力的规则制定者上帝，现在，什么也不是，甚至被流浪狗追咬。

上帝的妻子、以雅的妈妈独自守候在家。原来家里悬挂的耶稣和十二门徒画像，此时画像的人数奇迹般变成了十八个，原来，是女儿以雅在人间收集到的感动的真情眼泪。每当收集成功一个，她家里画像上会自动添加上一个人，加上原有的耶稣十二门徒，共十八人。也许是最怀念十八岁的美好年华，总之，十八是她最喜欢的吉祥数字，重新激起了她粉红少女心，美丽的笑容在她脸上绽开。于是她走进上帝的工作间，重启上帝的电脑，把原来的上帝设定的规则全部改变，把人间和天空变成花香四溢浪漫美丽的样子。

规则失效，设定的死亡时间作废，人间一片欢呼。

女人，原来你的爱心好奇，美丽温暖可以改变世界！妈妈天使和女儿天使一起改变了人间！

三八节重新看这部电影，再次感觉到了女人觉醒的力量。也许这部电影并没有什么特别含义，不过仁者见仁智者见智，这个算不算是女权主义的另类温柔主张？

总之，有女性参与的人间显得更加美好祥和。